첫 월급을 타던 날, 시내 중심가 고급 레스토랑에서 그녀를 만났다.
양복을 단정히 입은 나이 지긋한 웨이터가 다가와 메뉴판을 놓고 갔다.
막 직장 생활을 시작한 나에게 꽤 부담이 되는 음식값이었다.
그녀가 조심스럽게 제안했다. 한 개를 시켜 둘이 나눠 먹자고….

음식이 어떻게 나올지 궁금했다. 웨이터는 두께만 반으로 얇아진
같은 모양의 스테이크를 두 개의 접시에 담아 가져오는 것이 아닌가.
순간 나는 안도하며 그녀와 눈을 맞추고 웃을 수 있었다.
그분은 딸려 나오는 음식까지 모두 2인분으로 보기 좋게 만들어주었다.
주위의 멋쟁이 손님들도 우리가 한 개를 시켜 나눠 먹는다는 것을
전혀 눈치채지 못했으리라.

내 생애 가장 우아했던 식사

십 년 전, 나는 인도 거리를 어슬렁거리고 있었다.
그때 잘생긴 인도 사람이 다가와 환전을 하라고 했다.
백 달러에 얼마를 바꿔주느냐고 물었더니 공정환율보다
무려 20퍼센트나 많은 4천2백 루피를 준다고 했다.
귀가 번쩍 띄었다.

배낭에서 달러를 꺼내 들고 그를 따라나섰다. 내게서 달러를
받아든 그는 인도 돈을 세어 내게 건네주었다. 부피가 너무 얇아
뭔가 이상하다는 생각이 들어 막 돈을 세려는데 그가 힘껏
달아났다. 전력을 다해 뒤쫓았지만 인도사람들의 물결 속에서
누가 누군지 구별되지 않았다.

야바위꾼

잃어버린 신발

흰물결

ⓒ2005 흰물결

잃어버린 신발 열 켤레

지은이 윤 학
펴낸곳 도서출판 흰물결

초판 1쇄 발행일 2005년 10월 24일
초판 12쇄 발행일 2025년 8월 15일

주   소 06595 서울 서초구 반포대로 150 흰물결아트센터 4층
등   록 1994. 4. 14. 제3-544호
대표전화 02-535-7004 팩스 02-596-5675
이 메 일 mail@cadigest.co.kr
홈페이지 www.catholicdigest.co.kr

값 15,000원
ISBN 978-89-953338-3-9

윤 학 나를 찾아가는 평화여행

잃어버린 신발 열 켤레

재벌 사위라면서요?

첫사랑의 설렘으로

내 나름으로 짚어보는 좋은 글이란 이런 글입니다. 읽고 있노라면 마음의 주름살이 펴지는 글입니다. 부드러운 치유의 힘이 느껴지는 글입니다. 아픈 배를 쓸어주는 어머니의 손바닥 같은 글이고, 축 처진 어깨를 두드려주는 아버지의 손길 같은 글입니다. 그리고 가슴을 시원하게 적셔주는 샘물 같은 글입니다.

스무 살 무렵에는 수사가 화려한 글에 마냥 마음이 쏠렸고, 서른 살 언저리에서는 칼 같은 논리로 정의의 기준을 세우는 글에 매료되었습니다. 그러나 삶의 여러 풍경을 지나온 이 나이에 바라보는 좋은 글이란 그저 따뜻한 글일 뿐입니다.

좋은 글을 만나면 행복해집니다. 세상살이의 고개도 한결 수월하게 넘을 듯싶어집니다. 하지만 말과 글이 넘쳐나는 이 시대에 정작 좋은 글을 만나기란 어렵기만 합니다. 도처에 깨어지고 뒤틀리고 상처 주는 글들만이 사금파리처럼 뾰족하게 널려있을 뿐입니다.

〈잃어버린 신발 열 켤레〉, 이 작은 책에서 나는 따뜻함과 위로, 소망과 힘을 느낍니다. 아직도 시골에서 엊그제 상경한 듯한 도무지 세련미라고는 없어 보이는 젊은 사람이 부드러운 치유의 힘이 느껴지는 넉넉한 품새의 글, 아픈 배를 쓸어주는 어머니의 손바닥 같은 노경의 글을 쓰고 있다는 사실이 놀랍기만 합니다.

그의 글에서는 사소한 이야기 끝에 의미를 곰곰 되새기게 하는 묘한 맛이 있습니다. 위선과 가식을 벗고 가슴을 마주하며 때로는 조용히 미소 지을 수 있게 합니다.

미문을 쓰려 하기보다는 진솔한 마음을 전해주려는 노력이 느껴집니다. 분노의 외침보다는 나직한, 그러나 힘 있는 목소리를 담고 있습니다. 때로는 추억의 사진첩을 넘겨 흑백사진을 들여다보듯 지나간 이야기들을 들려주며 때로는 목판화처럼 희미한 기억의 저편을 더듬어 삶의 의미들을 반추하고 있습니다.

더구나 법조인인 그가 정의와 불의, 참과 거짓을 나누고 불의와 거짓 쪽을 질타하는 식의 도식적 글쓰기를 멀찍이 벗어버리고 있다는 점 또한 놀랍습니다. 이는 그가 상대적 정의의 유혹과 함정을 알고 있기 때문이라고 생각합니다.

그의 글은 현실 너머의 그 어떤 가치 지평을 향하고 있습니다. 아무리 사소한 개인사를 주제로 한 것일지라도 반드시 사실과 현상 너머의 종교적 지평을 향하고 있는 것입니다.

이 점에서 그는 법조인이기보다 신앙인에 가깝고 굳이 들자면 종교적 법조인이라고 할 수 있을 것 같습니다.

그럼에도 불구하고 이 닦여지지 않은 원석 같은 젊은이가 이토록 원숙하고 이토록 단아하며 내공이 느껴지는, 거기에다 한없는 부드러움으로 가득 찬 모성적 글을 쓰고 있는 것은 불가해 하기만 합니다. 적어도 삼대쯤의 연륜이 녹아있는 듯한 글들이 저만큼 앞서있는 선지식으로 느껴져 더욱 그렇습니다.

모처럼 좋은 글들로 채워진 작지만 결코 작지 않은 책을 만나 행복한
마음입니다. 이 가을 멀고 가까운 이웃들과 나누어 읽고 싶습니다.

서울대 미대 교수, 서울대 미술관장

김병종

자유로 가는 여행, 평화로 가는 여행

어려서부터 나는 끊임없이 남에게서 인정받으려는 욕망을 갖고 살았다. 잘한다는 격려, 정의롭다는 칭송, 사람 좋다는 칭찬, 이런 말 한마디를 들으면 우쭐해졌고 다시 그런 말을 듣기 위해 갖은 애를 썼다. 남보다 앞서기 위해 몸부림을 쳤고 옳은 일이라면 목청 높여 싸웠다.

"남보다 앞서야 한다."

"정의를 세워야 한다."

성장하면서 나는 이 말을 진리처럼 받들고 살았다.

그런데 '경쟁'과 '정의'의 이면에는 필연적으로 패배와 상처가 도사리고 있었다. 남보다 앞서기 위한 경쟁은 누군가에게 패배를, 정의를 세우기 위한 투쟁은 누군가에게 상처를 안겨주는 일이었다. 위대한 승자도 언젠가는 패배하고 정의로운 사람에게도 정의롭지 못한 구석이 있다는 지극히 당연한 진리를 외면하고 있었던 것이다. 결국 그 패배와 상처는 또 나에게 되돌아올 것이었다.

"이기려고 하기보다 지는 사람이 되라."

"정의를 세우기보다 사랑으로 대해라."

나에게 이런 말이 다가온 것은 무수한 승리와 패배를 겪고, 정의 세우기가 나의 잘못은 덮어둔 채 남의 약점만 물고 늘어지는 불공정한 게임일 수 있다는 사실을 깨달은 후였다.

마흔을 훌쩍 넘기고서야 나는 사람들의 칭찬은 하루아침에 비난으로 변한다는 진리도 체득하게 되었다. 영원한 것도 아닌, 변덕스러운 사람들의 평가에 내 인생을 건다는 것은 참 허망한 일이었다. 고작 그런 사람이 되기 위해 정작 나를 잊고 살았다니….

나는 나에게 관심을 두기 시작했다. 나의 부끄럽고 못난 부분, 정의롭지 못한 부분이 보이기 시작했다. 경쟁으로, 투쟁으로 허우적대던 내 과거의 모습을 드러내 보임으로써 누군가 '승리'와 '정의' 너머에 있는 그 무엇을 찾았으면 하는 소망을 갖고 글을 쓰기로 했다. 이상한 일이지만, 큰 짐을 덜어낸 듯 자유로워졌다.

이 책은 이런 자유로 가는 여행, 평화로 가는 여행을 기록한 것이다.

2005년 10월 12일
서초동 흰물결 사무실에서

윤 학

잃어버린 신발 열 켤레

잃어버린 신발 열 켤레

섬에서 중학교를 마치고 대도시 고등학교에 입학시험을 보러 갔다. 그런데 누군가 내 신발을 신고 가버렸다. 학교를 온통 뒤졌지만 내 신발은 온데간데없고 더럽고 닳아빠진 신발만 놓여 있었다. 발 고린내가 너무 지독해 신기에도 겁이 났다.

그 후에도 나는 수없이 신발을 도둑맞았다. 어머니가 깨끗이 빨아준 신발이라 쉽게 표적이 되었다. 미심쩍어 쉬는 시간에 신발장을 들여다보면 어느새 신발이 사라지고 없었다.

남이 볼까 봐 책상 밑에 신발을 들여놓을 융통성도 없었던 나는 입학 후 1학기 동안 열 번도 넘게 신발을 새로 사야 했다. 섬

마을에서 도회지로 공부하러 온 형편이라 넉넉하지 못한 살림
에 큰 부담이 아닐 수 없었다.

그날도 나는 신발을 잃어버리고 냄새나는 헌 신발을 신고 자
취방으로 왔다. 전날 섬에서 올라온 어머니가 사준 신발을 또
도둑맞은 것이다. 냄새나는 신짝을 신고 오는 아들의 모습을 본
어머니는 여느 때와 달리 마당을 왔다 갔다 하며 몹시 절망스러
워하셨다.

"너처럼 요령 없는 사람이 커서 밥벌이라도 하겠냐. 너도 다
른 아이들처럼 남의 신발이라도 한번 신고 와봐라."

어머니의 말씀을 들으면 들을수록 내 장래를 걱정하는 어머
니의 마음이 그대로 가슴 속에 밀려들어 왔다. 신발 한번 훔쳐
볼 요령도 없는 내가 어른이 되면 과연 생계라도 제대로 꾸려나
갈지 걱정되었다.

나는 겁먹은 아이처럼 방 한가운데 한참을 앉아있었다. 그런
데 그때 메마른 땅에 샘물이 솟듯 마음속에서 어떤 희망이 일었
다. 요령 부리며 사는 길도 있겠지만, 반대로 정직하게 사는 길
이 반드시 있을 것 같다는….

그런 생각을 했더니 가슴속에 신선한 희망이 피어올랐다. 하

마터면 나는 "엄마! 걱정하지 마세요." 하고 큰소리칠 뻔했다.

그러나 그때는 확신이 없었다. "정직하면 손해 본다." "요령 없으면 밥벌이도 못한다."는 어른들의 말을 그냥 쉽게 무시해 버릴 수 없었기 때문이다.

사법연수원을 마친 뒤 국제거래전문 로펌에 다니다가 변호사 개업을 하려고 하던 때였다. 전관예우前官禮遇 때문에 판검사 출신 변호사가 아니고는 사건 맡기가 쉽지 않다는 이야기가 떠돌아다녔다.

주위 분들도 그런 경력이 없는 내가 사무실이라도 유지하려면 사건을 유치하는 사무장을 따로 두어야 한다고 충고했다. 그런데 나는 그런 말을 들을수록 요령 부리지 말고 사무실을 한번 운영해봐야겠다는 마음이 더욱 굳어졌다.

그러나 현실은 뜻대로 되지 않을 것 같았다. 법조 고위직을 지냈다는 분이나 브로커를 쓰는 변호사 사무실에 가보면 손님들이 북적북적했지만 한 달이 되도록 내 사무실을 찾는 고객은 한 사람도 없었다.

개업한 지 한 달이 다 되어갈 무렵, 부인 두 명이 상담하러 왔다. 남편들이 집행유예 기간 중에 다시 똑같은 범죄와 더 큰 범죄를 저지르고 감옥살이를 하고 있는데 석방시킬 수 있느냐고 물었다.

법원이나 검찰에서 그런 사람을 풀어준다는 것은 거의 불가능한 일이었다. 만약 내가 석방시킬 수 없다고 사실대로 대답하면 사건을 맡기지 않을 것은 너무도 뻔해 보였다. 나는 첫 사건인지라 꼭 맡아 사무실 임대료도 내고 직원월급도 주고 싶었다.

나는 갈림길에 서 있었다. 그때 고등학교 시절 가슴속에서 꿈틀거렸던 '요령 부리지 않고 정직해도 사는 길이 있을 것'이라는 생각이 떠올랐다. 사건을 맡지 못하더라도 거짓말하지는 말아야겠다고 다짐하고 나는 분명하게 대답했다.

"남편의 죄가 큽니다. 석방시키기 힘들겠습니다."

그 순간 모처럼 찾아온 사건을 놓치는 아쉬움을 느꼈다. 그러나 내 예측과는 달리 부인 한 명이 "변호사님! 이 사건 맡아주세요."라고 말했다.

내 귀를 의심했다. 의아해하는 나에게 그 부인은 말했다.

"변호사님을 만나기 전 몇 군데 법률사무소에 들렀습니다. 저의 모두 돈만 많이 쓰면 남편을 석방시킬 수 있을 듯이 이야기했습니다. 그러나 나는 세운상가에서 첫째가는 장사꾼입니다. 상가에서 이런저런 사람을 수없이 상대해봤기 때문에 누가 거짓말하는지 정직하게 말하는지 대번에 알 수 있습니다.

그런데 변호사님이 정직하게 대답해주셔서 남편의 일을 믿고
맡길 수 있겠다는 판단이 들었습니다. 열심히만 해주십시오."

그 부인은 내가 요구한 수임료 2백만 원보다 더 많은 3백만
원을 꺼내더니 다시 1백만 원권 수표 30장을 내밀었다. 무슨
돈이냐고 묻자 "어차피 변호사 선임에 쓰려고 가지고 다닌 돈
이니 그냥 넣어두라."고 말했다.

3천만 원이면 강남에 아파트를 한 채 살 수 있는 거금이었다.
당시 전 재산 7백만 원으로 전세를 살던 내게는 너무 큰 돈이었
다. 필요 없다며 그 돈을 돌려주자 부인은 날마다 전화로 "돈이
더 필요하지 않으시냐?"고 물어왔다. 나는 끝내 그 돈을 받지
않았다.

다른 부인은 5천만 원을 들여 전직 법무부장관을 변호인으로
선임했다는 이야기를 전해 들었을 때 나는 괜히 신바람이 났
다. 열심히 변론을 준비했다. 결국 나는 내게 의뢰한 부인의 남
편을 더 빨리 석방시킬 수 있었다.

이런 경험을 통해 나는 '전관예우'라는 말 자체가 정직하지
않고 불성실한 사람들이 만들어낸 것이라고 생각하게 되었다.
또한 세상에서는 '무전유죄 유전무죄'라고 말하지만 실상 법을

다루는 분들은 양심에 따라 결정한다는 확신도 가질 수 있었다. 무엇보다 정직하게 살면 잘 살 수 있다는 귀중한 체험을 하게 되었다.

　요령이 없어 손님 한 명 없을 줄 알았던 나에게 손님은 계속 줄을 이었다. 나를 찾은 손님이 다른 손님을 소개하고 그 손님들이 또 다른 이를 소개해주었기 때문이다.

　그때 그 부인에게 남편을 석방시킬 수 있다고 큰소리쳤더라면 지금 나는 어떤 길을 가고 있을까 가끔씩 생각해본다.

실패, 또 실패 그리고…

섬에서 중학교를 졸업한 나는 대도시 명문고등학교 입학시험을 보러 갔다. 결과는 실패였다.

하는 수 없이 후기에 모집하는 고등학교에 들어가 씁쓸한 마음으로 학교를 다녔다. 그런데 그것이 내 인생에 밝은 빛을 가져다주리라고 상상도 하지 못했다.

내가 다닌 살레시오고등학교 교문에는 돈 보스코 성인상이 세워져 있었다. 그래서 나는 날마다 돈 보스코 성인을 만날 수 있었다. 5월이면 성모성월 노래가 교정 가득히 울려 퍼졌는데 그럴 때면 나는 이제껏 살아온 세계와는 다른 세계가 있다는 것을 어렴풋이 눈치챌 수 있었다. 내 생애 가장 귀중한 가톨릭과의 첫 만남이 이루어진 것이다.

대학입시만큼은 꼭 성공해 내가 어떤 사람인지 주위 사람들에게 한번 보여주고 싶었다. 하숙방 책상 앞에 가고 싶은 대학 이름까지 써 붙이고 공부에 열중했다. 그러나 대학입시에도 실패했다. 학원에 다닐 형편이 못돼 시골에서 혼자 재수를 준비했다. 미래에 대한 막연한 불안감이 내 인생을 회색빛으로 덮고 있었다.

어디 한군데 기댈 데가 없던 그때 어머니가 서울에 있는 학원에 다녀보라고 하셨다. 어머니가 싸준 며칠 먹을 도시락을 들고 나는 야간 완행열차를 탔다.

왕십리 어느 사설 독서실에서 먹고 자며 공부했지만 또다시 실패…. 그때부터 담배를 피우기 시작했다.

담배에 맛 들이며 멍한 머리로 추운 서울거리를 어슬렁거리는 것이 나의 일과였다.

두 번씩이나 재수를 하고서야 나는 바라던 대학에 합격했다. 그러나 그 대학이 나에게 평화를 가져다주지는 않았다. 없는 사람을 멸시하고, 더 가진 자들과 가까이하려는 세속의 먼지가 똑

똑한 학생들의 머리를 채우고 있었다.

명문대학에 다니던 우리는 늘 더 높은 위치에 서기만을 원할 뿐 자신을 낮추는 일에는 관심조차 없었다. 대학에는 빨리 회전하는 우리의 두뇌를 붙잡아줄 그 무엇이 없었다.

판검사로, 변호사로, 정부의 고위관료로 내정된 것처럼 미리 인정받고 있던 우리는 다른 사람과 다르다는 우월감에 차있었고 논리의 언어로 꽉 찬 선배들이 바로 앞에서 우리를 기다리고 있었다. 그 삭막함이 나를 우울하게 했다. 사람들이 말하는 성공이 내가 바라던 성공은 아니었다.

공부가 재미없었다. 사법시험에 응시했지만 번번이 떨어졌다. 대학원시험에도 실패하고 보니 군 입대를 해야 했다. 앞길이 캄캄했다. 군 입대를 연기하려고 사립대학 대학원에 들어갔다. 자존심 상하는 일이었다.

그런데 그 실패가 또 행운을 가져다주었다. 대학에서는 만나기 힘들었던 벗들이 다가왔다. 머리가 아닌, 마음으로 살아가는 친구들이 있다는 사실이 반가웠다. 남이 알아주는 인물로 사는 삶보다 못하지 않은, 또 다른 삶이 있다는 것을 처음으로 깨닫기 시작했다. 비로소 나는 실패한 인생이 성공한 인생보다 못할 게 없다는 사실을 알게 되었다.

세 번이나 연거푸 실패한 후에 사법고시에 합격했다. 그리고 열심히 변호사 일을 하던 중 나는 또 다른 도전, 정치에 나섰다.

정치하는 선배가 열 번도 넘게 사무실로, 집으로 찾아와 정치에 나서라고 설득했다. 정치판이 더러울수록 때 묻지 않은 사람이 나와서 바꿔야 한다는 말을 자꾸 들으니 그럴듯했다. 그래서 나는 내가 마치 제갈 량이라도 되는 줄 알았다. 대중 앞에 나서서 연설 한번 해본 적 없던 나는 아무 준비 없이 뛰어들었고, 결과는 패배였다.

그동안 쌓았던 사회적 신뢰가 한꺼번에 무너져내리는 것을 보며 경솔함을 자책했지만 이미 나는 사람들 앞에서 벌거숭이가 되어있었다.

그러나 공개적인 정치의 실패가 나를 오히려 키워주었다. 내가 그동안 법조의 좁은 틀에만 갇혀 몸을 사리며 살았다는 것을 알게 되었고, 남이 나를 어떻게 볼 것인가에 너무 집착했다는 것도 깨닫게 되었다. 어릴 때부터 익히 들었던 "사람은 죽으면 이름을 남긴다."는 말도 허무맹랑하게 들리기 시작했다. 내 길을 가야 한다는 내심의 소리에 귀 기울이게 된 것이다.

가끔 나는 아내에게 묻는다. 이렇게 내가 하고 싶은 대로 하며 살다가 재산을 모두 잃고 변호사 자격까지 잃게 되면 어떻게 할 거냐고…. 아내의 대답은 한결같다.

"나는 국수를 말고 당신은 국수를 나르고…. 그러면 금방 손님들이 줄을 설 걸?"

아내의 국수 맛을 잘 아는 나는 그럴 때면 허름한 국숫집을 떠올린다. 팔불출 같은 내가 싱글벙글 웃으며 국수를 나르는 광경을 상상해보면 그것도 꽤 희망적이다. 사람들이 흔히 말하는 인생의 성공과 실패의 기준이 무엇인지 궁금해진다.

앞으로 또 다른 실패가 나를 기다리고 있을 것이다. 그러나 실패가 나의 벗이며 나의 후원자라 생각하면 두려움이 사라진다.

고모네 다락방

대입에 실패하고 재수를 위해 밤 기차를 타고 서울역에 내린 나는 마땅히 갈 데가 없었다. 아버지를 끔찍이 사랑하던 고모네를 찾아갔다. 무악재 넘어 인왕산 밑자락에 자리한 벽돌집 단칸방에 고모는 4남매와 함께 세 들어 살고 있었다.

사촌누이들이 바느질공장에 다니며 형제늘의 학비를 내고 있을 만큼 어려운 생활을 하던 고모네 식구들이었지만 어린 불청객을 무척 따뜻하게 맞아주었다.

짐이라야 가방 하나였지만 어디에 두어야 할지 두리번거리는 나를 보고 고모는 다락방을 가리키며 그곳에서 사촌 동생과 지

내라고 하셨다. 따뜻하게 지어주는 새벽밥을 먹고 다락방으로 올라갔다.

학교에 간 사촌 동생이 막 자고 난 다락방은 앉아도 머리가 천장에 부딪힐 만큼 비좁았지만 손바닥만 한 창문을 통해 서울 시내가 한눈에 들어왔다.

재수학원에 갔다가 밤늦게 들어오면 다락방 창문을 통해 서울의 멋진 야경이 들어왔다. 손발을 씻고 다락방에 누우면 한여름 밤의 시원한 바람이 가슴을 두드리곤 했다. 쉬는 날이면 다락방에 누워 책을 읽다가 인왕산에 올라 시원한 약수를 머금고 노을을 보기도 했다.

고모네 옆방에 살던 새댁까지 갓난아기의 울음이 혹시라도 공부에 방해될까 봐 한여름인데도 문을 닫아주었던 덕분인지 다행히 원하던 대학에 들어갈 수 있었다.

고모네는 대학과 너무 멀어 학교 근처로 거처를 옮겨야 했다. 어머니가 처녀 시절 가깝게 지냈던 분이 봉천동에 살고 있어서 어머니는 나를 그곳으로 데려갔다.

문간방 한 칸에서 화장품 외판으로 근근이 생활하던 두 자매는 방 한쪽에 커튼을 치고 독립공간을 마련해주었다. 내가 남자라서 불편했을 터인데도 학교에서 돌아오면 가족이 없어 외로운 나를 반갑게 맞아주곤 했다. 밤늦도록 오손도손 이야기를 나누던 그 시절이 어제 같다.

자취방 한 칸을 마련한 것은 몇 달이 지나서였다. 연탄가스 때문에 사람이 죽어 싼값으로 나온 방을 어머니가 얻어주었다. 뭔가 꺼림칙해 하면서도 "너는 젊으니 아무 염려 없을 거다." 라던 어머니의 단호한 모습이 지금도 생생하다.

도배를 하고 책상을 놓고 가스난로까지 갖춘 나만의 공간은 그렇게 힘겹게 마련되었다. 밤거리를 걷다가 서울에는 이렇게 집이 많은데 나는 왜 방 한 칸 없는지 마음 아파한 적도 많았는데, 드디어 내게 방이 생긴 것이다.

나는 그 방에 누워 맘껏 책을 읽고 친구들을 불러 밤새 이야기꽃을 피웠다. 그러다 가끔 돈과 쌀이 떨어지면 며칠씩 굶기도 했다.

그 후에도 여러 해 동안 나는 여전히 전세방을 떠돌아야 했다. 결혼을 하고 아파트를 전세 내 살다가 은행 빚을 안고 아파트를 샀다. 그 아파트에 어머니가 오시던 날 나는 우리 집이 생겼다고 어머니께 자랑을 실컷 늘어놓았다. 어머니도 몹시 뿌듯해하셨다. 어머니는 몇 년이 지나 암으로 세상을 뜨셨다.

어느 날 퇴근을 하던 나는 집 앞에 서서 초인종을 누르려다 그날따라 유난히 밝은 달을 쳐다보게 되었다. 주머니에는 그날 사건을 맡으면서 받은 수표가 여러 장 들어있었다. 아내는 나보다 넉넉한 생활을 했던 때문인지 돈을 봐도 무덤덤했다. 함께 기뻐해 주지 않는 돈은 별 의미가 없었다. 나는 쓸쓸했다.

고모나 봉천동 자매, 어머니가 계셨다면 내가 가져온 돈을 보고 기뻐해 주었을 거라는 생각이 들었다. 눈물이 났다.

이미 도시개발로 없어져 버렸지만 다시금 고모 댁에 가보고 싶다. 허물어져 가던 문간방에서 살던 봉천동 자매도 만나고 싶다. 세상을 뜬 어머니도….

사랑은 베풀 수 있을 때 맘껏 베풀어야 함을 되새겨본다. 어려웠던 그 시절 내가 받은 만큼 베풀 수 있는 여유를 나는 아직도 갖지 못하고 있다.

누가 나를 외롭게 하는가

섬에서 상경한 나는 그야말로 촌놈이었지만 스스로를 문화인이라고 생각했다. 주머니가 비어있어도 맘에 드는 책은 어떻게든 샀고, 길을 가다가도 클래식 음악이 나오면 멈춰 서서 귀를 기울였다.

하지만 허름한 단벌옷에 사투리가 심한 나를 서울 거리에서 호감을 갖고 만나주는 사람은 없었다. 내 생각과 조금이라도 다르면 불같이 화부터 내는 성격도 문제였다. 더구나 남보다 더 머리가 좋다는 자만심으로 꽉 차있어서 사람을 무시하고 가르치려 들기 일쑤였다.

그런 내가 초롱초롱 빛나는 눈과 사근사근한 서울말씨의 아가씨를 사귄다는 것은 하늘의 별 따기만큼이나 어려운 일이었다. 어렵사리 미팅에 나가 맘에 들지 않으면 여학생에게 함부로 말을 늘어놓다가 되레 무시당했고, 맘에 들면 잘 보이고 싶어 잘난 체를 하다가 밉보여 몇 마디 말도 나눠보지 못한 채 퇴짜를 맞곤 하였다.

나보다 못나 보이는 아이들도 예쁜 여학생들과 잘도 사귀는데 하느님은 참 불공평하다고 원망도 하였다. 이러다 맘에 드는 여자와 사귀어보지도 못하고 마는 것은 아닌지 우울하기만 했다. 서울대학에 다니면 예쁜 아가씨들이 줄을 잇는다는 이야기도 거짓말이었다.

고시공부를 하다가 싫증이 나서 머리는 산발한 채 옷만 주섬주섬 입고 거리를 배회하던 어느 날 버스를 탔는데 한 아가씨가 눈에 확 들어왔다. 그녀의 옆자리가 비어있었다. 그러나 용기가 나지 않아 뒷자리로 가고 있는데 버스가 출발하느라 갑자기 몸의 중심이 흔들렸다. 그 바람에 자연스럽게 그녀 옆자리에 털썩 주저앉게 되었다.

그 아가씨는 당시 장안의 화제였던 오페라 '마적'의 팸플릿을 보고 있었다. 말을 건네보고 싶었지만 무척 단아하고 세련된 그녀가 대꾸해줄 것 같지 않았다.

그녀의 팸플릿만 흘깃흘깃 훔쳐보고 있는데 버스가 흔들렸다. 순간 그녀의 몸이 아주 미세하지만 나에게 다가오는 느낌이 들었다. 그녀가 나에게 호감을 갖고 있을지도 모른다는 막연한 생각이 들었다. 그러나 선뜻 말문이 열리지 않아 그녀의 팸플릿만 물끄러미 쳐다보았다.

버스는 한강을 건너고 있었다. 버스의 흔들림에 그녀의 몸이 또 다가오는 듯했다. 이번에는 괜히 그녀가 나에게 호감을 갖고 있다고 생각하기 시작했다. 갑자기 용기가 생겼다.

"공연 갔다 오시는가 봐요?"

잠깐 침묵이 흘렀다. 그녀가 서서히 얼굴을 돌렸다.

"네."라고 짤막하게 답했다.

나는 다시 말을 이었다.

"공연 자주 다니시나요?"

"네, 자주 다녀요."

맑은 목소리였다.

"음악공부 하시는가 보죠?"

"아니요, 신문방송학과를 나왔어요."

그녀가 공부했다는 학교는 신문에서나 보았던 미국의 명문대학이었다. 호기심이 더욱 일었다.

그녀가 내릴 준비를 했다. 앞뒤 잴 것도 없이 따라 내렸다. 전화번호를 적어달라는 부탁에 흔쾌히 응하는 그녀가, 먼저 의심부터 하고 대하는 서울 아가씨들과 비교되었다.

그녀를 생각하니 공부에 재미가 붙었다. 고시에 합격하여 함께 공연을 보러 다니고 외국여행도 할 생각을 하니 절로 신이 났다. 그녀를 다시 만났다. 부드러운 눈길과 웃을 때 드러나는 하얀 이가 인상적이었다. 사물을 대하는 눈이 긍정적이고 따뜻했다. 이상형의 여인이 이렇게 쉽게 나타나 어리둥절했다.

그녀는 이런 말을 했다. 버스에서 처음 보았을 때 잉크 자국 난 셔츠를 입고 있는 내 모습에 신뢰감이 생겼다고. 그때 나는 내가 입고 있는 옷이 더러워 걱정했는데…. 그녀가 나의 내면을 보고 있다는 사실은 나를 놀랍도록 그녀에게 다가가도록 만들었다.

다행히 고시에 합격했다. 나는 그녀가 나와 결혼하는 데 아무런 장애가 없다고 믿었다. 길을 걷다가 그녀가 말했다. 이 세상에서 아버지를 가장 존경하는데 이제는 미더운 사람이 한 명 더 생겼다고. 그 사람이 바로 나라고 했을 때 나는 구름 위를 걷는 듯했다.

어느 날, 미국에서 살고 있던 그녀의 어머니가 며칠 동안 서울에 오시는데 나를 한번 봤으면 한다고 했다. 시험도 합격했고 그녀와 뜻도 잘 통하는데 무엇이 문제가 되겠는가.

그녀의 어머니는 앞으로 무엇을 할 거냐고 나에게 물었다. 나는 마음에도 없으면서, 내가 '검사'가 된다고 하면 좋아하실 거라 생각하고 그렇게 대답을 했다.

그녀의 어머니가 무엇인가를 물으면 내 진심은 말하지 않고 계속 그녀의 어머니가 좋아하리라 예상되는 답변만 했다. 그러나 별로 달가운 눈치가 아니었다. 뭔가 어긋나고 있다는 느낌이 들었다.

그 후 그녀와의 관계는 순탄하지 않았다. 그녀는 내게 다가오려 하다가도 부모의 눈길을 의식하곤 했다. 나는 당시 그녀의 부모가 가난한 나에게 딸을 시집보내 고생시키고 싶어 하지 않기 때문이라고 생각했다. 그녀의 부모를 '속물'이라고 내 멋대로 단정하고 함부로 행동했다.

그러나 그녀는 나를 포기하지 않았다. 자신의 부모와 며칠이라도 함께 보내면 반드시 나를 좋아할 거라면서 자신의 부모를 뵈러 미국에 함께 가보자고 여러 차례 설득했다. 그러나 그녀가 정말 나를 좋아하면 부모가 어떤 결론을 내리더라도 다시 나를 찾을 거라는 생각에 그녀의 제의를 무시해버렸다.

홀로 미국에 간 그녀가 국제전화를 통해 부모의 뜻을 거역할 수 없다며 흐느꼈다. 2년간 나는 매일 담배 연기 속에서 그녀의 소식을 기다렸다. 그러나 아무 소식이 없었다. 결국 그녀가 결혼했다는 이야기를 바람결에 듣게 되었다.

어느덧 세월은 훌쩍 흘러 나도 사십 대 후반의 나이가 되었다. 법률 일로 나를 찾는 사람들이 많으면 많을수록 나는 고도에 홀로 있는 사람처럼 외롭다.

돈이 되고 힘이 될 듯싶은 일에는 벌떼처럼 모여들지만 내면의 이야기를 허심탄회하게 나눌 사람은 좀체 드물어 보인다. 사랑하는 아내가 곁에 있고 친구처럼 대화가 되는 아들딸도 있지만 나는 아직도 누군가로부터 더 많은 사랑을 받고 싶다.

어느 날인가 헤어진 그녀 어머니와의 첫 만남이 떠올랐다. 그때 그녀의 어머니께 내 속 깊은 이야기를 솔직하게 말하지 않았던 것이 나의 큰 문제였다는 생각이 문득 스쳐 갔다.

그녀의 어머니도 여느 사람들처럼 당연히 세속적 가치를 추구할 거라 건너짚고 그녀의 어머니를 존중하며 대하지 않았다. 내가 추구하는 바를 성의껏 전하면 될 뿐인데도 상대방의 뜻을 멋대로 짐작하고 그에 맞추려고만 했으니…. 내가 그녀의 어머니였다 해도 존중받지 못한다는 느낌을 받았을 것이고 그런 사람에게 딸을 맡길 수 없었을 것이다.

내 외로움의 궁금증이 풀렸다. 외로움은 내가 남을 존중하지 않고 내 자신의 생각 안에 남과 나를 가둘 때 생겨나는 마음의 병이었다. 이제껏 내 진심을 성심껏 표현하지 않으면서 사람들이 먼저, 진심으로 나에게 다가오기만을 기다렸다.

아내와 아이들, 형제, 직장 동료, 사회에서 알게 된 무수한 사람들…. 한 사람 한 사람 떠올려보았다. 나의 다정한 눈빛, 나의 온화한 미소, 나의 부드러운 말씨를 기다리는 사람들이 주위에 너무나 많았다. 내가 사랑할 사람이 이처럼 많다는 것, 그것만으로도 나는 행운아였다.

다가오는 봄날에는 내 가슴속 사랑의 씨앗을 온 천지에 뿌려보리라.

이방인의 연인

육지의 최남단 해남에서 태어난 나는 초등학교 6학년 때 '도초도'라는 섬으로 이사했다. 목포에서 뱃길로 장장 6시간을 가야 닿는 섬이었다. 육지에서 섬으로 전학 오는 경우가 드문 터라 나는 주시의 대상이었다.

어느 날 선생님이 지나가는 말로 해남에는 물감자가 많다고 했다. 그러자 아이들은 나를 '해남 물감자'라 부르며 놀려대기 시작했다. 학교에서 10여 리 떨어진 집에 올 때까지 무료했던 아이들은 목청 높여 '해남 물감자'를 외쳐댔다.

어떤 때는 우리 마을 아이들이 "해남~" 하고 외치면 다른 마을로 가던 아이들도 "물감자~"라고 장단을 맞추는 핑퐁 합창이 섬 전체를 뒤덮기도 했다. 나는 그 수많은 아이들의 합창을 어떻게 막을 도리가 없었다.

어른들의 세계도 나를 놀리던 아이들 세계와 하나도 다르지 않았다. 무리를 지어 남에게 아무렇게나 상처를 주고도 죄책감은커녕 심지어 즐기기까지 했다. 무리를 짓기만 하면 옳은 것도 그른 것이 되고, 그른 것도 옳은 것이 되기 일쑤였다. 학교에서건 사회에서건…. 사람들은 그렇게 시시한 존재였다.

무리에 속하건 아니건 무엇이 옳은 방향인지 늘 생각하고 그곳을 향하여 끝없이 나아가는 그런 사람들을 만나고 싶었다. 다수로부터 배척받는 일이 있더라도 고통받는 사람이 있으면 그들 편이 되어주는 그런 맑은 사람들을….

그러나 그런 꿈은 나무꾼이 선녀를 만나는 꿈처럼 현실성이 없어 보였다. 무리를 지어 힘을 과시하거나 누구를 비난하는 것으로 자신이 정의롭고 약자 편인 줄 아는 사람들을 볼 때면 나는 외로웠다.

결혼할 나이가 되어 배우자만이라도 내 소중한 꿈을 같이했으면 싶었다. 늘씬한 미니스커트의 아가씨도, 외국의 명문대학을 나온 재원도, 좋다는 가문의 규수도 만나보았지만 내 꿈을 함께 할 사람은 없어 보였다. 수많은 여성 중에 나와 꿈을 같이 할 배우자 한 사람도 발견하지 못한다는 외로움이 밀려들면 내 인생이 가련하게 여겨졌다.

어느 겨울 한 아가씨를 만났다. 헤어져 돌아오면 나는 밤새 전화기를 붙잡았다. 나는 내 안의 모든 것을 이야기하고 싶었다. 그녀도 자신의 이야기를 들려주었다. 그녀는 나의 꿈에 귀 기울여 주었고 자신의 꿈인 양 함께 기뻐해 주었다. 나는 희망이 솟았다. 그녀에게 청혼을 했다.

처음으로 그녀의 집을 방문했을 때 그녀의 아버님은 나를 반갑게 맞아주었다. 기분이 좋으셨던지 당신의 회사가 내 일에 도움을 줄 수 있다는 말씀도 하셨다. 즐겁게 시간을 보냈다.

그러나 그 집을 나와 돌아오는 길에 몹시 마음이 울적해졌다. '나는 정말 순수한 결혼을 하고 싶었는데….' 결혼으로 내게 뭔가 현실적 이득이 생길 수 있다는 그 어른의 암시가 마치 우리 결합에 조금은 순수하지 못한 것이 끼어드는 것만 같았다. 소중히 가꾸어온 꿈이 무너진 것 같은 암담한 기분이 들었다.

나는 집에 오자마자 전화를 걸어 그녀에게 내 마음을 그대로 전하며 결혼을 하지 말자고 했다. 소중한 사람을 놓쳐버렸다는 안타까움으로 울먹이며…. 한참을 조용히 듣고 있던 그녀가 이렇게 말했다.

"난 우리 아버지를 누구보다 존경하지만 아버지의 집을 나오겠다…."

그 말을 듣자 그녀가 내 가슴속 깊은 언어를 그대로 알아듣고 있다는 생각이 들어 너무 행복했다. 나는 그냥 웃음을 터뜨리고 말았다. 이듬해 봄날 우리는 결혼했다.

그러나 나는 의심이 많은 사람이었다. 아내가 정말 귀중한 것에 몸을 던질 수 있는 사람인지, 내가 모든 것을 잃어도 나를 사랑해줄 사람인지… 욕심 많은 나는 끝없이 아내를 시험하려 들었다.

정의로운 것처럼, 너그러운 것처럼 하면서 그와 달리 살아가는 사람들을 수없이 보면서 나는 늘 누군가를 의심하고 있었다. 그러나 아내는 참 이상한 존재였다. 나의 시험을 언제나 여지없이 통과해버리는 것이었다. 욕을 먹더라도 해야 할 일은 했고, 힘이 들더라도 가치 있는 일이라면 밤을 새웠다. 자신이 아플 때에도 아이들과 나를 먼저 돌봤다. 그 이상한 힘이 어디서 나오는지 나는 늘 궁금했다.

아내는 예수님의 삶을 들을 때 눈물을 감추지 못한다. 성경을 읽다가도 성가를 듣다가도 눈물을 흘린다. 나는 그 눈물의 의미를 안다. 나는 이제 사람들을 더 이상 의심하지 않는다. 사람은 사랑할 존재일 뿐 의심할 대상이 아니었다.

나는 이렇게 이방인으로 살다가 이제는 사랑하며 사랑받는 존재로 다시 태어나고 있다. "구하라. 그러면 받을 것이다."라는 진리는 성경 속에만 잠자고 있지 않았다.

초등학교 시절 '해남 물감자'라고 놀림을 받을 때 나에게 살며시 다가와 따뜻한 위로의 말을 건네주는 아이를 간절히 원했는데 나는 이렇게 만나게 된 것이다.

적자투성이 종교잡지 〈가톨릭다이제스트〉를 내가 맡자고 했을 때 아내는 내 가슴속 언어를 금방 알아들었다. 그리고 매달 책을 마감하느라 며칠 밤을 새우는 아내의 정성 덕분인지 처음 몇백 부였던 조그만 잡지가 이제 수만 명이 기다리는 큰 사랑의 메신저로 변했다.

나는 매달 책을 만들며 어떻게 세상을 사는 것이 옳은지 고심하는 사람들의 글을 읽는다. 세상에는 다수에 휩쓸리지 않고, 남이 좋다는 것만 좇지도 않는 아름다운 사람들이 참 많았다.

자신의 가슴속 언어를 풀어놓고 또 이웃의 가슴속 언어를 알아득는 사람들을 만나는 기쁨, 그런 기쁨을 느낄 때면 꿈은 반드시 이루어진다는 확신을 갖게 된다.

내 생애 가장 우아했던 식사

첫 월급을 타던 날, 나는 그녀에게 크게 한턱 쓰고 싶었다. 평소 그녀와 그럴듯한 찻집에서 차 한잔 나누거나 영화 한 편 본 적 없었다. 고작 한강 변 같은 곳에 앉아있거나 전화로 데이트를 해왔던 터였다.

그날은 시내 중심가 고급 레스토랑에서 만나기로 했다. 그녀가 코트를 벗고 내 앞에 앉았다. 분위기 좋은 이런 곳에서 그녀와 오붓한 시간을 갖는다는 것이 꿈만 같았다.

양복을 단정히 입은 나이 지긋한 웨이터가 다가와 메뉴판을

놓고 갔다. 막 직장 생활을 시작한 나에게 꽤 부담이 되는 음식
값이었다.

그녀가 조심스럽게 제안했다. 한 개를 시켜 둘이 나눠 먹자
고…. 웨이터가 혹시 얼굴이라도 붉히면 어쩌나 지레 걱정이 되
어 잠깐 망설이고 있는데 그가 다가왔다. 그녀가 조용하게 부탁
했다. 나는 긴장이 되었다. 내 우려와 달리 웨이터는 미소를 지
었다.

음식이 어떻게 나올지 궁금했다. 웨이터는 두께만 반으로 얇
아진 같은 모양의 스테이크를 두 개의 접시에 담아 가져오는 것
이 아닌가. 순간 나는 안도하며 그녀와 눈을 맞추고 웃을 수 있
었다.

그는 딸려 나오는 음식까지 모두 2인분으로 보기 좋게 만들어
주었다. 주위의 멋쟁이 손님들은 우리가 한 개를 시켜 나눠 먹
는다는 것을 전혀 눈치채지 못했으리라. 식사가 끝날 때까지 그
는 시종 편안하고 인자한 미소를 보내주었다.

시골에서 상경한 나는 먹고 마시는 데 돈을 쓸 여유가 없었
다. 대학을 졸업할 때까지 국밥처럼 양 많고 싼 음식은 사 먹어
도 냉면집 한 번 가본 적이 없었다. 큰 음식점 앞에까지 가서도
주눅이 들어 가격조차 알아보지 못하고 슬그머니 피하기 일쑤

였다. 한번은 고향 친구가 놀러 와 큰맘 먹고 명동까지 구경 나갔지만 유명한 음식점 앞에서 서성거리다 결국 그냥 돌아왔다.

당연한 일이지만 나는 그녀와 결혼했다. 이제 나도 넉넉하게 살지만 그녀가 입고 있는 옷은 여전히 수수하다. 그러나 그녀의 맑고 따뜻한 마음을 알기에 잘 차려입은 어떤 여성보다 아내가 좋다.

20년이 넘은 지금도 나는 그날의 그 우아한 식사를 잊지 못한다. 상대를 진심으로 배려하는 아내의 마음과 사려 깊은 그 신사의 미소를 떠올리면 지금도 내 가슴은 따뜻해 온다.

나의 장인 나의 친구

어린 시절 먼 친척 누나의 결혼식은 참 경이로웠다. 마을 사람들은 초봄 꽃샘추위가 한창인데도 모두 모여 혼인을 진심으로 축복했다. 사위가 오면 씨암탉을 잡아 대접하던 신부의 어머니를 보면서 나는 그 집 사위가 부러웠다. 나중에 커서 장가들면 나도 그런 대접을 받고 싶었다.

어른이 되어 처가가 될지 모르는 집을 처음 방문한 날이었다. 안내된 방에는 까만 교자상 한가운데 닭이 놓여있었다. 입식 탁자와 커피가 일반화된 서울에서 불가능하리라 생각하던 씨암탉의 꿈이 현실로 이뤄진 것이다.

내가 장인을 처음 만난 것은 어느 호텔에서였다. 아내 될 사람과 로비에 들어섰을 때 키가 작달막한 분이 미소를 가득 머금고 맞아주었다.

나중에 아내를 통해 안 사실이지만 장인은 내가 뒷굽을 덧댄 구두를 신은 걸 보고 당당하고 내실 있는 사람이라고 칭찬했다는 것이다. 나는 장인 될 양반이 최소한 겉치레나 형식을 보는 분은 아니라는 생각에 마음이 편해졌다.

따뜻한 봄날, 우리는 혼인을 했다. 젊은 시절 나는 열심히 일했다. 상담을 하러 왔다가 그냥 묻고만 가는 이는 거의 없었다. 대부분이 내게 사건을 맡겼다. 의뢰인에게 그런 신뢰를 받는 것이 신기했고 더욱 열심히 일할 수밖에 없었다.

창의적으로 해나가는 변호사 업무가 참 즐거웠다. 법정 스케줄에 맞춰 서면을 준비하고, 걸려오는 전화도 많아 무척 바쁘게 생활하던 때였다.

그 바쁜 시간에 장인이 전화를 걸어오곤 했다. 안부를 묻는 전화인 줄 알고 가볍게 응대하다 보면 한두 시간을 넘길 때가 많았다. 처음에는 적당한 때 끊겠지 생각하다가 이야기가 길어지면 남의 사정도 모르는, 참 한가한 분이라는 생각에 울화통이 치밀기도 했다.

꾹 참고 전화를 끊을 기회를 엿보며 건성으로 통화하는데 장인은 이쪽 사정을 아는지 모르는지 말을 이어갔다.

주로 어릴 적 친척이나 이웃 아저씨들 이야기를 들려주셨는데 이야기에 정신을 빼앗기다 보면 어느새 법률 세계에서 한 인간의 근원적 세계로 여행을 떠나버리는 경우가 많았다.

곰탕이면 곰탕, 된장찌개면 된장찌개 한 가지라도 잘 만들어 팔아야지, 된장찌개 국수 돈가스 등 여러 가지를 성의 없이 팔아서는 안 된다는 것, 돈보다는 사람을 벌라는 것, 늘 자신이 들어갈 관 앞에 있다고 생각하면 귀한 인생을 살 수 있다는 것, 남들이 알아주는 직위도 호주머니에 넣고 살아야 한다는 것 등 재미있기도 하려니와 나는 느끼지도 못하고 살아온 삶의 의미들이 담겨있는 내용이었다.

장인과 전화통화를 한 날이면 나는 상담자들을 더욱 여유 있게 대할 수 있었다.

내 인생의 스승을 나는 이렇게 만났다. 공부 잘하고 좋은 직업을 가질 수 있게 최선을 다하라는 가르침은 수없이 들었지만 죽음 앞에서도 성공할 수 있는 길을 알려주는 이는 없었다.

그러나 장인은 내가 가면 안 될 길은 막아주고 내가 가야 할 길은 앞서 제시해주었다. 나에게 술과 담배를 권하지도, 의리를 요구하지도 않았지만 참 친구를 비로소 만난 듯했다.

남과 경쟁하지 않고도 즐겁게 살 수 있는 길이 얼마든지 있다는 것을 알게 되었다. 내 잘못을 다른 사람 탓으로 돌리고 이유를 붙여야 직성이 풀리던 묵은 습성이 조금씩 깨지기 시작했다. 늘 남의 눈을 의식하며 살아오던 형식의 틀에서 벗어날 용기도 생겼다.

심신이 고단하던 어느 날 장인과 나는 청평 산골에 단식을 하러 갔다. 배는 고프고 시간은 더디 갔다. 허기진 두 사람이 강가에 앉아 저물어가는 해를 바라봤다. 장인은 자신의 어린 시절과 가족사를 솔직하게 이야기했고 직접 지은 시도 들려주셨다.

어떤 사람과도 이렇게 깊은 이야기를 나눈 적이 없었던 나는 세상에 수없이 많은 친구가 있다는, 내 앞에 새로운 인생이 기다리고 있다는 희망이 생겼다. 육신은 허기졌지만 마음은 가득 차오르는 듯했다.

이 가까운 친구가 요즘 시름시름 앓고 있다. 혈관이 막히는 병으로 수술을 했지만 차도가 없다. 그런데도 날마다 거르지 않고 전화를 걸어 이제는 내 아이들의 친구가 되어준다. 바쁜 엄마 아빠 대신 그날그날 아이들에게 생긴 즐거운 일들을 귀 기울여 들어준다. 두루마기를 입고 장인이 다니던 초등학교에 찾아와 손주를 부르시던 장인의 할아버지가 그랬던 것처럼, 장인도 우리 아이들에게 자상하다.

스피커폰을 통해 장인이 아이들에게 들려주는 동요는 나를 눈물짓게 한다. 축음기를 틀어 옛날 사람들이 부르던 판소리와 동요를 아이들에게 들려주며 따라 부르는 내 친구가 바로 나의 장인이다.

매일 새벽 4시면 일어나 성경을 읽고 푸른 줄 붉은 줄 쳐가며 하느님의 말씀을 먹는 나의 장인은 외국에 나가서도 성당위치를 알아보고 호텔을 잡는 하느님의 아들이다. 새벽 미사 거르는 것을 한 번도 본 적이 없다.

40대 후반에 아들 공부시킨다고 먼 이국에 나가 살면서도 청년 시절부터 당신 영혼에 깊이깊이 간직한 시상을 정리하여 시인으로 등단한 이.

장인의 시 한 편을 들고 찾아간 아내에게 서정주 시인이 했던 "네 아버지 정말 시인이야, 네 아버진 진짜 시인이야."라는 감탄이 조금도 과하지 않다고 느껴지는 이.

훗날 내 딸의 배우자에게 나는 어떤 사랑을 심어줄 수 있을

까? 아니 지금 내 사무실에서 함께 일하겠다고 온 후배변호사
에게는 어떤 이야기를 들려줄 수 있을까?

'대치동'으로 이사하라고?

어느 날 고등학교 교사인 친구가 딸아이 공부를 제대로 시키려면 '대치동'으로 이사하라고 나에게 충고했다. 그 역시 아이들 공부를 위해 무리를 해서 대치동으로 이사를 했단다. 아무래도 잘 가르치는 선생님이 있으니 더 효율적으로 공부하지 않겠느냐는 것이었다.

며칠 전 중학교에 다니는 딸아이가 하던 걱정이 생각났다. 학교에 가면 선생님 말씀을 따르는 아이들이 거의 없다고 했다. 심지어 선생님을 놀리려고 쿡쿡 찔러도 선생님은 그 자리를 모면하려고 애쓸 뿐, 아이들에게 따끔한 말 한마디 못한다는 것이다. 아이들은 학원숙제는 중요하게 생각하지만 학교수업은 대수롭지 않게 여긴다고 했다.

딸아이는 제법 심각했다. 교장 선생님까지도 딸아이의 중학교나 인근 고등학교 코스는 좋은 대학에 가지 못하는 지름길이라고 공공연히 말한다는 것이다.

친구의 설득은 계속되었다. 우리가 지방학교에 다닐 때 얼마나 공부하기가 어려웠냐고. 실력 있는 선생님이 잘 가르쳐주어도 공부하기 힘든데 입시학원도 멀고 공부하는 분위기도 나쁜 학교에서 어떻게 아이들이 공부를 잘할 수 있겠느냐고….

그는 대학입시를 지도하는 선생님답게 현실을 직시하고 있었다. 나도 현실을 무시할 만큼 바보는 아니었다. 재수 시절 서울 대입학원 수학 선생님은 혼자서 도저히 이해하기 어려운 부분을 금세 명료하게 설명해주지 않았던가. 딸아이에게 이런 기쁨을 주는 것이 부모로서 최소한의 도리가 아닌가.

우수한 학생들이 모인 분위기 좋은 학교에서 함께 공부한 아이들이 대학에 가서도 함께 어울리고, 성인이 되어서도 유익한 정보를 교환하며 살아갈 것이라 생각되었다. 대학 시절, 지방 무명 고등학교를 나온 사람들이 거의 외톨이처럼 지내던 어두운 기억도 떠올랐다.

친구와 구체적으로 이사 갈 집을 물색하기 위해 지도를 꺼내 들었다. 아파트 가격은 많은 사람들이 대치동을 선호한다는 것을 잘 말해주고 있었다. 아이들이 대치동에 살면서 집에서 가까운 학원으로 편하게 다니는 모습을 그려봤다. 우리 아이들이 그 대열에서 굳이 빠져야 할 이유는 없었다.

둘째 딸이 태어나면서부터 나는 이 집에서 살고 있다. 지은 지 이십 년이 넘어 무척 낡았지만, 아파트처럼 촘촘하지 않다. 아침에 문을 나서면 바람에 흔들리는 나뭇잎들이 나에게 인사를 한다.

나는 한참을 서서 나무들을 바라본다. 슬슬 웃음이 나온다. 새소리가 들리거나 매미가 우는 날이면 더욱 헤픈 웃음을 웃는다. 이 낡은 단지가 살수록 정겹다.

어릴 적 우리 반 아이들 중에는 돈내기 화투를 치거나 집안 물건을 훔쳐내는 아이들이 있었다. 나도 그 친구들과 밤새 화투를 치거나 훔친 돈으로 산 과자 따위를 얻어먹으며 히히덕거린 날들이 있었다. 친구들과 그렇게 노는 것은 참 즐거웠다.

집안에서나 학교에서는 늘 찬밥 신세를 면치 못하는 그들이

지만 모범생 친구들이 갖지 못한 장점이 있었다.

힘이 장사인 용현이는 유명한 불량서클 멤버였다. 그러나 사실 그는 소처럼 온순했다. 함께 있으면 그렇게 편할 수가 없었다. 밤낮으로 만화만 보는 재익이는 성적은 거의 꼴찌였지만, 내가 모르는 것을 많이 알고 있었다. 고등학생이면서도 가끔씩 수업을 빼먹고 여행을 가기도 했다. 그와 어울려 수업을 빼먹고 어느 도시로 여행했던 기억이 생생하다.

그들은 소위 불량청소년이었지만 공부만 하던 내게 세상 사람들이 얼마나 다양하게 사는지, 또 상식과 진실이 얼마나 다를 수 있는지 알려준 또 다른 스승들이었다.

그러나 불행히도 소위 일류대학에 들어가면서 나는 이런 스승들을 만날 수 없었다. 돈과 명예 같은 천편일률적인 가치와 잣대로 살아가면서도, 자신은 결코 그렇게 살지 않고 있다는 모순과 독선에 빠진 일류대생들은 너무나 편협했다. 그들에게는 해야 할 일과 해서는 안 될 일이 명확히 구분되어 있었다. 숨 막히는 시간들이었다.

이런저런 생각을 하며 나는 지도와 아파트 가격표를 내려놓고 친구와 동네 뒷산에 올랐다. 서늘한 가을바람이 내 귀를 간지럽혔다. 고향의 밤바다 바람 소리가 들려오는 듯했다. 저 멀리 해원을 타고 불어오는 거센 바람 소리는 늘 나를 조그맣게 만들었다. 자연의 거대함과 인간의 왜소함을 느끼며 자랐던 어린 시절은 내게 평안을 주었다.

바다가 보이는 바위산에 서면 바로 그 자리에 서 있던 옛 조상의 숨결을 들을 수 있었고, 미래의 어느 날 내 후손이 내 숨결을 들을 거라 생각하기도 했다.

나는 왜소했지만 거대한 자연의 일부가 되었고, 과거와 미래를 넘나들었다. 어떤 선생님의 말씀보다 바람은 더 많은 것을 가르쳐주었다.

흰 파도를 머금은 아이, 바람의 속삭임에 귀 기울이는 아이, 내 아이들이 그렇게 자랐으면 좋겠다. 공부가 좀 떨어지더라도, 공부 잘하는 아이들과 어울리지 못하더라도 더 많은 경험과 더 다양한 친구를 만나게 하고 싶다.

수없이 많은 사랑을 남긴 마더 데레사가 일류학교 출신이었던가, 고액과외를 했던가. 새들도 강론을 들었다는 프란치스코 성인은 어떠했는가. 인류의 스승 예수와 석가는 어디서 지혜를 얻었는가.

높은 자리에 앉으면 뇌물을 바라는 탐관오리처럼 나도 이제 살 만하니까 아이들에게 스스로의 실력이 아닌 학원 선생님의 힘이라도 빌려 어부지리를 하겠다는 것인가.

숲으로 난 길은 부드럽고 정겨웠다. 가을바람은 더욱 나를 장난스레 간지럽힌다.

꿈을 찾아 미국 간 동생

　동생은 명문대학 배지를 늘 달고 다녔다. 훤칠한 키에 호남형인 동생에게 너무나 어울렸다. 그러나 대학 이름만 같은 2년제 초급대학에 들어간 동생이 그 배지를 달고 나타나면 나는 잔소리를 퍼부었다. 그래도 동생의 가슴에는 그 배지가 늘 달려 있었다.

　시골에서 고등학교를 마친 동생이 대학입시를 본다며 서울에 있던 나를 찾아왔을 때 나는 동생의 실력을 재보았다. 동생은 공부를 꽤 하는 편이었다.

　몇몇 명문대학만 제외하면 서울에 있는 어느 대학이라도 합격할 수 있을 것 같았다. 낭만적이고 사교적인 동생이 경영대학이나 문과대학에 가면 좋겠다고 생각했다.

그런데 동생은 명문대학과 배지만 같은 초급대학, 그것도 자신의 적성과 거리가 먼 학과에 들어갔다. 동생은 그곳을 졸업한 후 취직을 하고 결혼도 했다.

서울 근교에 조그만 집도 장만하고 아이도 낳아 잘 기르더니 어느 날 미국으로 유학을 가겠다는 것이었다. 동생은 박사학위를 얻어 돌아오겠다며 집을 팔고 유학길에 올랐다.

미국 출장 중 동생이 보고 싶어 연락했더니 먼 길을 마다 않고 와주었다. 어떻게 사느냐고 물었더니 '투 베드 룸'에서 편안하게 살고 있다며 또 폼을 잡았다. 여간 여유 있지 않은 한 유학 온 사람들은 거의 방 한 칸짜리 집에서 시작한다는데, 수입도 없는 동생이 서울에서 가져온 몇 푼 안 되는 돈을 쉽게 쓰고 있다는 생각이 들어 마음이 무거웠다.

학생 시절 호주머니 사정은 생각 않고 비싼 전집류를 월부로 겁도 없이 사버렸던 동생의 옛 모습이 떠올랐다. 생활비에 보태 쓰라고 돈을 주려던 내 마음도 닫혀버렸다.

몇 달 안 되어 동생은 학비를 보내달라고 늙은 아버지에게 전

화했지만 서른 중반이 넘은 동생의 학비를 부칠 만큼 아버지가
넉넉한 건 아니었다.

　그 후 십 년 가까이 동생은 소식을 주지 않았다. 나는 가끔 사
무실 창밖 하늘을 보며 동생을 생각했다. 동생의 친구들이 소식
을 물어올 때면 나는 벙어리가 되었다.
　어느 날 사촌 형이 동생의 소식을 묻는데 막 화가 났다. 동생
이 보고 싶었기 때문이다. 나는 인터넷에서 밤새 한인 주소록을
뒤지기도 하고 사람을 찾아주는 웹사이트에 문의도 했다. 그러
나 동생의 행적은 찾을 수 없었다. 나는 울먹이는 마음이 되어
간절히 기도했다. 동생이 살아있기만을….
　그러던 어느 날 놀랍게도 동생에게 전화가 왔다. 낙천적인 동
생의 목소리에는 아직도 젊음의 흔적이 남아있었다. 동생은 박
사학위를 포기하고 세탁소를 경영한다고 했다. 가족들과 본 '피
아니스트'라는 영화가 너무 감명 깊었다고 했을 때 나는 안도의
숨을 쉬었다.

　혼수상태에 빠져 중환자실에 누워있던 아버지의 귀에 대고
동생의 소식을 전했지만 아버지에게서는 아무런 반응이 없었
다. 그 후 몇 번 소식을 전해오던 동생이 다시 연락을 끊었다.

가르쳐준 전화번호마다 걸어보았으나 통화를 할 수 없었다.

세탁소에 전화했더니 주인이라는 이가 동생이 며칠 전 일을 그만두었다고 했다. 세탁소를 경영한다던 동생은 그곳 종업원이었다. 아버지는 동생의 생사도 알지 못한 채 이 세상을 떠나셨다. 그런데도 동생은 그 너른 미국 땅에서 또 무슨 꿈을 꾸며 살고 있는지….

동생과 통화하던 날 나는 이렇게 말했다. "나는 네가 미국에서 철저하게 실패하기를 바랐다. 그러면 한국에 돌아와 새로운 인생을 살 수 있을 것 같았다. 그런데 세탁소를 경영할 만큼 안정을 찾았다니 다행인지 불행인지 모르겠다." 동생은 이 말을 알아듣지 못하는 것 같았다.

성경에는 '돌아온 탕자' 이야기가 있다. 탕자가 집으로 돌아온 것은 그가 철저히 실패했기 때문이다. 돼지밥 개암죽도 못 먹게 되었을 때 탕자는 아버지를 생각한다. 탕자의 가슴속에는 자신의 거창한 계획만 있었지 아버지는 없었다. 아버지의 뜻과 다른 자신만의 계획은 늘 초라한 모습으로 끝날 뿐인데도….

하지만 아버지는 다르다. 탕자를 늘 기다렸다.

아들의 철저한 실패가 아버지의 꿈을 이루어주었다. 사랑하는 아들을 위해 온 동네 사람들을 불러 살진 송아지를 잡고 큰 잔치를 베풀었다. 만약 아들이 적당히 실패했더라면 아버지께 돌아오지 않았을 것이다. 아버지는 아들을 위해서 잔치 한번 베풀지 못했을 것이다.

　요즘 경제가 어렵다. 그래서 새해를 맞는 우리의 마음도 어둡다. 그러나 나는 희망을 본다. 실패해 돌아가면 우리를 위해 잔치를 해야겠다고 벼르고 있는 아버지가 계시기 때문이다. 우리의 눈으로는 실패이지만 아버지의 눈에는 성공인 그런 기회가 우리에게도 다가오고 있는지 모른다.

　동생은 꿈을 찾아 미국으로 갔다. 우리도 꿈을 찾아 이곳저곳을 헤맨다. 그러나 꿈은 먼 데 있지 않다. 헛된 꿈만 버린다면, 우리는 어떤 경우에도 넉넉할 수 있다. 모두 함께 아버지의 집으로 돌아가는 장면을 그려본다.

그 시절 아버지의 집

그 시절 우리 마을은 훈훈했다. 가까운 염전에서는 값비싼 천일염이 쏟아져 나와 창고 가득 쌓여있었고, 고기를 가득 실은 고깃배들이 고기를 팔려고 들락거렸다. 자연 마을 인심은 넉넉했다.

한약방을 하던 아버지가 왕진 가방을 자전거에 매고 이 마을 저 마을을 들렀다 오면 가방에 돈이 가득했다. 아버지는 돈을 세지도 않고 서랍에 넣고는 동네 사람들을 불러 파닥이는 생선회를 함께 드시곤 했다.

가끔 장 나들이를 가는 어머니가 양산을 펴들고 동네 앞 신작로를 걸으면 온 동네가 환해지는 것 같았다. 광에는 쌀가마니가 쌓여있고 먹을 것이 많았다.

넉넉한 살림과 솜씨 좋고 아름다운 아내는 틈만 나면 쓸고 닦아 집안은 늘 정갈했고 찾아드는 손님들을 대접하느라 부엌에서는 지지고 볶는 냄새가 그치지 않았다. 아버지는 그야말로 남부럽지 않은 삶을 살고 있었다.

그러나 영원히 행복할 것 같던 아버지의 삶이 내리막길로 접어들었다. "이제 불행이 덮쳐 오는데 무슨 마술을 써서 네가 그것을 막아내랴." 하는 성경의 말씀처럼….

소금 경기가 기울면서 일꾼들이 떠나기 시작하자 마을은 폐허처럼 적막해져 갔다. 동네 어귀에서 자치기를 하고 굴렁쇠를 굴리며 뛰놀던 그 많던 아이들도 보이지 않았다.

우리 가족도 그 마을을 떠나 어느 산촌 마을로 이사를 갔다. 그러나 산촌에서 한약을 찾는 이는 많지 않았다. 1년도 버티지 못하고 또 이사를 갔으나 그 마을 역시 닉닉하지 못했다. 무료함을 달래기 위해 화투를 치고 술을 마시던 아버지는 돈만 축내더니 불과 몇 년 사이 빈털터리가 되고 말았다.

생계마저 어렵게 되자 아버지는 고향 섬마을을 찾았다. 그러나 영락한 아버지를 누가 환대할 것인가? 섬마을 방 한 칸을 세내 한쪽에는 한약방을 내고 한쪽은 가족들이 한데 엉겨 지냈다.

섬에는 물이 귀해 학교가 끝나면 아직 초등학생이어서 골격도 채 형성되지 않은 나는 나보다 훨씬 큰 물통을 물지게로 길어 날라야 했다. 어린 시절의 그 대궐 같던 집안 풍경은 기억 속에만 남게 되었다.

학비를 내지 못해 학교에서 늘 쫓겨와야 했고, 스승의 날 선생님 선물을 마련하느라 아이들이 조금씩 걷는 돈조차 나는 낼 수 없었다. 아버지를 조르면 아버지는 아무 말 없이 한약 봉투의 먼지만 툭툭 터셨다. 정말 몇 푼 안 되는 그 돈도 마련하지 못하는 자신의 무능을 탓하는 건지 아니면 모든 것에 초연한 것인지 아버지의 표정은 종잡을 수 없었다.

그때 그 절망의 순간들은 영원할 것 같았다. 큰형과 작은형, 누나는 학비를 주지 않는 아버지를 원망하며 학교를 그만두고 서울로 돈벌이를 갔다. 나도 학비를 내지 못하는 내가 창피해 학교를 그만둬버릴까 생각하기도 했다.

그러나 그럴 때면 내 가슴속에 늘 아버지와 그 행복했던 날들이 떠올랐다. 어머니가 풀을 먹여 다린 정갈하고 푹신푹신한 이부자리, 밤이면 재미나고 신기한 이야기를 들려주던 아버지의 그 멋진 목소리, 깊은 밤 오줌이 마려워 잠을 깨면 어느새 먼저 일어나 요강을 대주며 무서움을 잊게 해주던 아버지의 그 자상함….

그래서 나는 아버지가 시키는 일은 무엇이나 했다. 외상 약값을 받아오라면 받으러 갔고 약방 앞에 과일을 놓고 지나가는 행인들에게 팔라고 하면 그렇게 했다. 부끄럽지 않았다. 여름엔 참외와 수박을 팔았는데 나는 맛있게 보이도록 물로 깨끗이 닦아 예쁜 광주리에 놓고 팔았다. 이웃 과일가게보다 더 파는 날도 많았다.

몇 년이 지나 아버지는 손수 지은 집을 갖게 되었고 나는 대도시 고등학교에 가게 되었다. 돈을 꿔서라도 학비를 보내던 아버지의 정성으로 나는 대학도 가고 대학원에도 다녔다. 변호사가 되어서는 넓은 집도 갖고 큰 차도 타게 되었다. 이제 나도 아버지처럼 손님들에게 맛있는 음식을 대접하고 좋은 공연에도 초대한다. 아버지처럼 너너한 생활을 하게 된 것이다.

나는 가끔 그때의 아버지 집과 나의 집을 비교해 본다. 나는 과연 내 아이들에게 내 아버지처럼 자상한 사람인가. 내가 조금만 아파도 이마를 만져보고 배를 쓸어주며 탕약을 달인다 죽을

끓인다 보살피던 아버지의 모습이 나에게는 조금도 없다.

아버지처럼 어느 날 갑자기 내가 가진 모든 것을 잃어버리게 된다면 내 아이들은 어떤 추억을 떠올리며 그 어려움을 견뎌낼 수 있을까?

요즘 경제가 어렵다. 어려움을 못 견뎌 스스로 목숨을 끊는 사람도 있다. 그러나 정녕 힘든 것은 돈이 없어서가 아니라 함께 어려움을 나누고 조금이라도 힘이 되어주는 누군가가 없어서일 것이다. 오늘 나는 누구에게 따뜻한 말 한마디라도 건네고 있는가.

구름 그늘 달리던 그 여름

아버지는 초등학생이던 나에게 심부름을 잘 시키셨다. 나는 마을에서 30여 리 떨어진 화산장터 도매약국까지 차비를 아끼려고 걸어가는 경우가 많았다.

한여름, 신작로를 따라 걸으면 겉옷을 벗어 던져도 땀이 비오듯 흘러내렸다. 하늘을 지나던 구름이라도 살짝 그늘을 드리우면 살랑이는 바람결조차 참 시원하게 느껴졌다. 그럴 때는 구름 그늘을 놓치지 않으려고 그늘 밑을 따라 줄달음을 쳤다. 구름 그늘은 왜 그렇게 빨리 지나가 버리는지….

뙤약볕 속을 한참 걸으면 마을 어귀 옹달샘이 나오고 나는 그

샘터에서 솟아나는 샘물을 마셨다. 그늘에서 마시는 샘물의 달콤함이란….

여름에는 시원한 에어컨이, 겨울에는 따뜻한 히터가 내장된 차를 타고 가다가 어디서나 시원한 물을 마실 수 있게 된 지금 내게는 더 이상 조각구름도 샘물도 필요 없게 되었다. 조그만 법률사무소이지만 대표변호사가 된 나에게 아버지처럼 심부름 시키는 사람도 없다.

그런데 가끔 나는 햇볕 쏟아지는 날 창밖을 보다가 문득문득 그때를 생각하게 된다.

어느 날 오후, 아버지와 어머니가 집을 비우셨다. 어머니를 기다리다 잠이 들었는데 한밤중에 마을 사람들의 두런거리는 소리가 들렸다. 무언가 불길한 예감이 들었다.

마을 사람들이 문짝을 떼는 소리가 들렸다. 문짝 위에 사고당한 분의 시신을 수습해 들것처럼 만들어가지고 나가는 모양 같았다. 한약뿐만 아니라 양약까지 취급하셨던 아버지가 의료 사고를 낸 것이었다. 만취한 분에게 약을 잘못 처방해 일어난 일이었다. 초등학교 저학년이던 누나와 나는 쥐죽은 듯 그 새벽을 보냈다.

그 후부터 집에는 늘 우리들뿐이었다. 학교에서 돌아오면 밤마다 옛날이야기를 실감 나게 들려주던 아버지도, 깨끗이 빨아 풀을 먹여 빳빳이 다려진 이부자리에서 맘껏 뛰놀 수 있게 해주던 어머니도 안 계셨다. 더 이상 심부름 갈 일도 없었다.

집 뒤안에 돌아다니던 개미들을 물끄러미 쳐다보는 날이 많아졌다. 서산에 해가 지고 땅거미가 어둑어둑해질 때까지 나는 오지 않는 누군가를 기다리며 마당을 서성였다.

몇 달이 지나 아버지가 늘 다니던 신작로를 따라 멀리서 걸어오셨다. 한여름의 뙤약볕이 신작로를 뜨겁게 달구고 있었다. 나는 힘껏 아버지에게 달려갔다. 장터에서 사셨는지 아버지는 '아이스께끼'가 들어있는 주전자를 내밀었다. 재판을 받고 풀려난 아버지에게는 무언가를 시작하려는 새로움이 묻어있었다. 나는 주전자를 들고 아버지의 뒤를 따라 집으로 돌아왔다.

그날 밤 나는 평온하게 잠이 들 수 있었다. 그러나 실패한 아버지는 우리를 남겨두고 새로운 정착지를 찾아내기 위해 마을을 떠나셨다.

새로 정착한 섬, 이제 아버지는 양약은 취급하지 않고 한방 책만을 열심히 보셨다. 초등학교 2학년도 채 마치지 못했지만 나라에서 시행하는 한약업사 시험까지 합격할 정도로 영민한

분이었다. 아버지의 의술이 좋다는 소문이 알려지면서 손님들
이 많아졌다.

그러나 당시 농촌생활은 참 어려워 외상으로 탕약을 사 가는
게 예사였다. 외상 약값을 직접 가져오는 이들도 있었지만 대부
분 돈이 없어 차일피일 미루었다.

아버지가 약값을 받아오라고 형들에게 시키면 내키지 않아
하고 심부름을 가더라도 받은 돈을 조금 쓰고 돌아오는 경우가
종종 있었다. 그래서 중학 1년생인 내가 주로 심부름을 갔다.
돈을 받으러 다니는 일이 내키지 않았지만 나는 아버지가 시키
는 대로 했다.

수업이 일찍 끝나는 토요일은 외상 걷이를 하기에 더없이 좋
은 날이었다. 외상장부를 들고 그 동네 사는 친구들을 따라 이
마을 저 마을 다녔다. 친구들과 신작로를 따라 걷다가 산마루에
오르면 동네가 보였다.

마을 어귀 첫 집, 다 쓰러져가는 집에 홀몸으로 누워계시는
할머니는 심하게 기침을 하셨다. 약값 달라는 말을 못하고 몸이
괜찮으시냐고 여쭈면 할머니는 다 아신다는 듯 약값을 먼저 걱
정하셨다. 다음에 올 때는 꼭 주마고….

나는 그 말씀이 할머니의 소망이지 지켜질 약속이 아니란 걸 알고 있었다. 다른 집으로 발길을 돌리지만 가슴에는 할머니가 남아있었다.

　넉넉하게 보이는 집에 들르면 그분들은 대개 농작물을 팔아 약값을 준비해두셨다. 그 어른들은 정직하게 살아가는 삶이 어떤 것인지, 인자로움이 무엇인지 잔잔한 미소로 말없이 가르쳐주셨다. 넉넉한 마음, 정직한 마음이 그들의 생활을 윤택하게 해준다는 생각을 갖게 해주었다.

　돌아다니느라 배고프지 않느냐며 정갈하고 맛있는 음식을 내오던 아주머니, 수줍어하며 부모님이 안 계신다고 미안해하던 소녀, 빈손으로 보낼 수 없다며 돈 대신 콩이나 참깨를 가져가라고 광으로 달려가던 할머니, 이웃집으로 달려가 돈을 꾸어 외상값을 갚아주던 아저씨도 계셨다.

　더러는 돈이 전혀 없을 것 같은 분들도 두세 번 방문하면 어떻게든 돈을 마련해놓았다가 건네주셨다. 나는 이상값 심부름을 통해 세상에는 참 마음씨 고운 사람들이 많다는 것을 알게 되었다.

　돌아오는 길에는 가끔 산에 올라가 하늘을 우러러봤다. 아픈 할머니의 병이 나아 뒷마당에서 호미를 들고 나물을 캐는 모습을 그려봤다. 인자한 미소를 띤 아저씨의 음성과 음식을 내오던 아주머니의 마음씨도 그려봤다.

이렇게 외상 걷이를 하는 동안, 나는 한여름 따가운 햇볕이 내리쬐도 초등학생 때처럼 달리지 않게 되었다. 사람들이 만들어준 시원함으로 더 이상 덥지 않았기 때문이다.

외상값을 주시며 "지어주신 한약을 먹고 다 나았다. 아버지께 꼭 고맙다는 말씀을 전해라."던 이들의 소식에 기뻐할 아버지의 모습을 그려보는 것만으로도 한여름이 덥지 않았다.

아버지는 수금을 정확히 잘해오는 나에게 "너는 고집이 센 놈이지만 은행보다 더 믿을 수 있다."고 칭찬하셨다. 그리고 멀리 가실 때면 금고 열쇠를 내게 맡기셨다.

내가 성장한 후 아버지는 시골의 정든 집을 팔고 서울로 올라왔다. 아버지는 그 돈을 나에게 맡기셨다. 얼마 되지 않는 돈이었지만 당신의 전 재산이었다.

이제는 내게 심부름시킬 아버지가, 모든 것을 믿고 맡기실 아버지가 안 계신다. 작년 겨울 외로운 삶을 청산하고 하늘나라로 떠나셨기 때문이다.

붐비는 이 서울 거리에서 나에게 모든 것을 맡기셨던 아버지의 눈길과 외상 걷이 하며 만났던 순박한 이들의 아름다운 미소를 떠올린다.

　30여 년 전 파란 하늘에 걸려있던 조각구름과 신작로에 길게 드리워진 구름 그늘, 그리고 나무 그늘 밑의 샘터는 지금도 눈앞에 선하다. 아무도 걷지 않는 여름 한낮의 신작로에 하늘과 구름과 나만 머무는 그 꿈결 같은 장면을 아버지의 심부름을 하면서 가슴 깊이 간직하게 된 것이다.

　내 아이들도 나처럼 그런 꿈 같은 날들을 살아가기를 소망해 본다.

재벌 사위라면서요?

재벌 사위라면서요?

사법연수원을 갓 졸업하고 국제법률사무소에서 바쁘게 일하던 초보변호사 시절이었다. 무역거래, 해상보험과 관련된 법률문서를 작성하는 일에 몰두하다 보면 하루해가 짧았다.

어느 날 장인어른이 두툼한 사건기록 하나를 꺼내놓았다. 국내 굴지의 재벌 회장과 관련된 소송사건이었다. 그 회장과 함께 일했던 장인어른이 오랜만에 인사를 갔다가 사위가 변호사라고 했더니 "기록을 한번 훑어봐 달라."고 부탁하더라는 것이었다. 기록을 보니 신문 사회면에 대서특필되었던, 당시로써는 드문 큰 사건이었다.

법률사무소에서 밤늦게까지 일하다가 집에 돌아와서야 사건 기록을 읽었다. 이미 변론을 맡고 있던 그 회사 고문변호사에 의해 사건이 상당히 진척되어 있었다. 자세히 들여다보니 잘못 진행한 부분이 있었다.

기록을 몇 차례 훑은 뒤 국내서적은 물론 일본서적을 참고해가며 복잡한 법률문제까지 세밀히 연구해 꼼꼼히 메모했다. 많은 사건을 다루어보지 못한 신출내기였지만 그 사건에 관해서는 자신이 생겼다.

머칠 후 회장을 찾아갔다. 텔레비전에서 봤던 현대적인 초고층 그룹사옥과 회장실을 상상했던 내 기대는 여지없이 무너지고 말았다. 회장은 그룹의 터전을 일궜던 허름한 옛 사옥에 머물고 있었다.

그런데 회장실에 들어선 순간 깜짝 놀랐다. 건장한 체격에 쩌렁쩌렁한 목소리를 가진 인자한 노신사가 정중히 손을 내밀었다. 대학 시절 책을 통해 재벌은 부패의 온상이요 부정의 대명사로 알아왔던 내게 그는 전혀 다른 모습으로 다가왔다.

그는 칠순이 다 되었음에도 젊은 나를 불편함이 없도록 깍듯이 대했다. 그러나 사건을 의논할 때는 완전히 다른 사람이 되었다. 자신의 주장을 논리정연하게 펼쳐가면서 매섭고 날카로운 질문을 던졌다.

이미 다섯 명의 변호사와 면담한 뒤라서 사건의 강점과 약점을 두루 꿰뚫고 있었다. 대화를 나눌수록 그가 매우 논리적이고 합리적인 사람이라는 것을 알 수 있었다.

그러나 며칠간 밤늦게까지 기록을 꼼꼼히 검토한 내게는 그를 설득시킬 수 있는 비장의 무기가 있었다. 더구나 애송이 변호사인 내게 그 큰 사건을 맡길 리 없다고 생각한 터여서 나는 거칠 것이 없었다.

그의 주장을 하나하나 반박하며 내 의견을 정리해 들려주었다. 회장은 요동도 하지 않고 나를 응시하며 귀를 기울이더니 내 이야기가 끝나기 무섭게 쩌렁쩌렁한 목소리로 말했다.

"윤 변호사, 나와 일 좀 같이합시다."

순간 내 귀를 의심했다. 회장의 일생에서 가장 중요하다고 스스로 말한 사건을 나처럼 경험 없는 변호사에게 맡긴다는 것이 도무지 믿어지지 않았다.

나는 평소 존경하던 로펌의 선배변호사와 상의했다. 선배변호사는 대표변호사와 의견을 나누더니 나로서는 상상할 수 없는 거액을 사건 수임료로 받자고 했다. 당시 그런 거액의 수임료를 주고받았다는 이야기는 들어보지 못했을 정도로 큰 액수였다.

회장을 만나 그런 거액의 수임료도 괜찮겠냐고 묻자 그는 오히려 내게 편한 쪽을 선택하라고 했다. 개업해서 혼자 사건을 맡든지 아니면 지금 근무하는 로펌에서 사건을 수임하게 하든지 내 마음대로 하라고 했다.

회장은 내게 거액의 수표를 주었다. 로펌으로 돌아오는 길에 함께 간 선배변호사가 충고했다.

"이런 돈은 개업해서 몇 년간 죽자사자 일해도 벌지 못할 돈이네. 잘 생각하게."

그는 내게 개업을 권유하는 것 같았다. "선배의 뜻은 잘 알겠습니다만 돈을 목적으로 살고 싶지는 않습니다. 지금 이 로펌에서 월급을 받고 있으니 이 돈은 로펌에 갖다 드리고 싶습니다."고 대답하자 그 선배는 고개를 끄덕였다.

사건 수임 후 다시 만났을 때 회장은 수임료를 어떻게 했느냐고 물었다. 로펌 대표변호사에게 드렸다고 하자 그는 "잘했네. 앞으로 돈은 얼마든지 벌 수 있네. 사람마다 돈 그릇이 있어서 지금 없어도 그릇이 크면 나중에 채워지네." 하는 것이었다.

그의 말을 알 듯도 하고 모를 듯도 하여 의아한 표정을 짓자 그는 이렇게 되묻는 것이었다.

"자네, 어떤 부자가 백억 재산을 자식에게 물려주었는데, 아들이 십억 그릇밖에 안 된다면 나머지 구십억을 지킬 수 있을 것 같은가?"

내가 주저하고 있자 그는 또 물었다.

"어떤 아버지가 십억 재산을 아들에게 물려주었다고 하세. 그런데 아들은 백억 그릇이라면 아들이 그 십억에만 머물겠는가?"

내가 대답이 없자 그는 이런 이야기를 또 들려주었다.

"시골에서 올라와 서울에서 고생하는 일가친척들을 똑같이 도와줘도 평생 지하 셋방을 못 면하고 죽는소리만 해대는 사람이 있는가 하면, 그 종잣돈을 부지런히 늘려서 집도 장만하고 나중엔 근사한 건물주인까지 되는 사람도 있네.

같은 해 입사해서 똑같은 월급으로 시작한 직원들도 몇 년이 지나면 월급 차이가 많이 나지 않던가. 그래서 나도 내 아들의 그릇만큼만 재산을 물려주고 나머지 재산은 다른 곳에 쓸 생각이네."

듣고 보니 사람에 따라 돈 그릇이 다르다는 그의 지론이 맞는 것 같기도 했다.

재벌 회장실은 소박하다 못해 초라해 보여 세월의 흔적은 느껴져도 돈 냄새는 맡을 수 없었다. 허물없는 대화를 나누고 싶을 때면 그는 나를 회장실에 딸린 조그만 방으로 데려갔다. 두어 평 남짓한 쪽방에 낡은 원형 탁자와 의자 두 개가 달랑 놓여 있었다.

탁자를 사이에 두고 앉으면 회장의 머리 뒤로 빛바랜 표주박 하나가 걸려있었다. 회장은 가끔씩 쳐다보며 어려웠던 시절을 잊지 않기 위해 간직하고 있다고 했다.

그는 사업 초창기 일류기술자들과 함께 우수한 조미료를 만들어보려 했지만 실패를 거듭하자, 집 마당에 실험실을 차려놓고 무수히 밤을 새우며 직접 만들어보고 맛보기를 거듭해 마침내 사람들의 입에 맞는 맛을 개발했다고 했다. 그 품목만큼은 최고 재벌에게도 멋진 승리를 거두었다며 무용담 늘어놓듯 자랑스러워했다.

회장의 사건을 맡고 나서 얼마 되지 않아서였다. 동네 책방에 갔더니 "재벌 사위라면서요?" 하는 것이었다. 누가 그러더냐고 묻자 아는 법조인이 그렇게 말하더라고 했다.

그 후에도 심심찮게 그런 질문을 받았다. 사람들은 판검사 경력도 없는 내가 대재벌 회장으로부터 그 큰 사건을 맡자 그의 사위쯤 되나 보다 생각했던 것 같다. 사람들은 자기 생각대로 남을 자주 곡해한다.

당시 나도 재벌은 모두 정권과 유착되어 있다고 믿었다. 그래서 영남만 우대했다던 박정희 정권 시절에 호남 출신인 그 회장의 회사가 어떻게 살아남을 수 있었는지 무척 궁금했다.

그런데 조그만 일도 성의껏 열정적으로 하는 그의 모습에서 궁금증이 풀리는 듯했다. 적은 비용과 좋은 제품으로 기업을 잘 경영하는데 굳이 정권과 유착할 필요가 없겠다는 생각도 들었다. 그 시퍼렇던 전두환 정권으로부터 세무조사를 받고도 그룹이 해체되지 않고 살아남는 것을 보면서 정경유착보다 기업을 제대로 경영하는 기업가 정신이 더 중요하다는 확신이 들었다.

재벌이라면 싸잡아 비난했던 내게, 그는 세상을 한 면만 보지 말고 종합적으로 봐야 한다는 지혜를 일깨워주었다.

그는 기술제휴를 위해 일본을 자주 다녔는데 동반할 직원은 그 일을 착실히 해낼 만한 사람인지 직접 관찰한 후에 정했다고 했다. 일본회사의 사장과 엔지니어를 만날 때는 일류호텔 커피숍을 이용하면서도 숙소는 늘 저렴한 곳을 이용했다며 즐거워했다.

공휴일에 호텔 커피숍에서 만나 이야기를 나누다가도 점심시간이 되면 회장은 호텔 주변의 싸고 맛있는 음식점을 찾았다. 돌아갈 때는 "운전기사도 쉬어야 한다."며 버스토큰을 샀다.

그런 그도 일에 대한 노력에 대해서는 넘치지도 부족하지도 않게 꼭 사례를 했다. 깨끗한 봉투에 새 돈을 넣는 예의도 잊지 않았다.

회장실에서 사건기록을 검토하다가 점심때가 되면 내 식사는 시켜주고 자신은 당뇨가 있다고 집에서 싸온 도시락을 꺼냈다. 식이요법만 잘하면 당뇨병도 극복할 수 있다며 식사도 저울에 달아 들었다. 입에만 맞으면 아무거나 양껏 먹어대는 나는 절도 있는 그의 모습에 또 한 번 놀랐다.

그때부터 20년이 지난 지금까지 그가 당뇨병에 지지 않고 건강하다니 그 절제와 정성에 탄복하지 않을 수 없다.

변호사 초년병이던 그때 나는, 돈은 내가 벌려고 해야 벌 수 있는 것이며, 인생은 내 의시대로 펼쳐지는 것이고, 노력하면 성공할 수 있다는 자의식 강하고 경쟁적인 인생관을 갖고 있었다. 그런데 회장은 돈은 벌려고 마음먹는다고 벌리는 것이 아니라 좋아하는 일을 열심히 하다 보니 벌리더라는 것, 자신의 뜻보다 누군가의 손이 인생과 사업을 좌우하더라는 것, 자신이 의

지했던 지식이 얼마나 짧은지 한 치 앞도 내다보지 못했다는 것 등등 그가 겪고 느낀 점들을 솔직하게 들려주었다.

그의 '돈 그릇'은 삶에 대한 그의 긍정적인 자세, 끝없는 절제, 어린애 같은 순수한 열정이 만들어낸 것이었다.

그의 인생담은 그 후 개인 법률사무소를 열 때 큰 용기가 되었다. 주변 사람들은 화려한 법조경력도, 세련된 처세술도 없는 내가 사무실을 꾸려가기도 힘들 거라고 했다.

고급 승용차, 번듯한 가구, 인테리어 등 아무리 줄여도 몇천만 원은 든다는 개업비용을 나는 단돈 2백만 원으로 해결했다. 중고가구상에서 변호사 책상을 구입하고 선배변호사가 쓰던 사무실 집기를 물려받았다. 차는 소형차 포니를 운전하고 다녔다.

손님이 없어 조용하기만 한 내 사무실에 있다가 북적거리는 동료 사무실에 가보면 갈등도 생겼다. 하지만 사건 브로커 없이 사무실을 운영하기로 한 내 결정이 자랑스럽기도 했다.

나는 고객이 맡긴 조그만 일도 내 일보다 더 열심히 했다. 고객들이 하나둘 늘기 시작했다.

어느 날 동료 변호사들과 점심을 하는데 누군가 내 순소득을 물었다. 사실 그대로 얘기했더니 놀라는 표정이었다. 자신의 총

수입은 나보다 훨씬 많았지만 순소득은 내 3분의 1도 되지 않는 다고 했다. 나는 여직원 월급과 사무실 월세만 내면 그만이었지만 그는 개업비용으로 빌린 돈의 이자며 여러 직원의 인건비와 사건소개비로 비용이 꽤 들어가는 모양이었다.

나는 많이 벌지 못해도 적게 쓰면 된다고 생각했기에 찾아온 고객을 당당하게 대할 수 있었고 초조하지도 않았다.

이런 경험은 〈가톨릭다이제스트〉를 맡게 되었을 때 큰 힘이 되었다. 구독료만으로 월간지를 꾸려가기란 무척 힘들다는 것을 알았지만 독자들에게 충실한 읽을거리만 제공하면 많은 이들이 좋아하는 잡지가 될 거라는 믿음으로 광고를 싣지 않기로 했다. 법률사무소에 아내가 일할 책상 하나 더 놓는 것으로 잡지사 개업을 끝내고, 직접 편집하고 발로 뛰어다녔다.

10여 년이 지나 내 사무실을 방문한 그 회장에게 당시 내가 하고 있던 운동이 좋다고 하자 그는 즉시 가르쳐달라고 했다. 대개는 좋은 것을 권유해도 귀찮아하거나 마지못해 따라 하는 시늉만 하는데 80세가 넘은 그가 애써 운동을 배우겠다고 나서는 것을 보며 사람의 위대성은 그 순수함과 열정에서 나온다는 생각이 들었다.

"절대 유명한 사람 되지 마소. 유명해지면 귀찮네. 별 잘못도 없이 공격당하는 일도 자주 생기네. 그러면 자신의 인생을 자신이 살지 못하고 남의 의견에 따라 살게 되네."

만날 때마다 그가 입버릇처럼 하던 말이다. 그는 40여 년간이나 재벌 회장으로 지내면서도 인터뷰 한 번 한 적이 없어 한국의 '하워드 휴즈'라고 불렸다.

더 늦기 전에 그 회장댁에 인사 한번 다녀와야겠다. 그는 "한 길로 가소. 힘들더라도 즐겁게 하면 희망이 있네." 아마 또 그렇게 말씀하지 않을까.

야바위꾼

어린 시절 아버지는 집안의 중요한 심부름거리가 있으면 나를 불렀다. 어린 나이로는 상당한 거금을 들고 도회지에 가서 한약재를 사오기도 했다.

도회지에는 신기한 것들이 많았다. 말로만 듣던 기차역에도 가보고 처음 나온 흑백 텔레비전도 진열장을 통해 볼 수 있었다. 따분한 시골에서 벗어나 도시를 구경할 기회를 얻게 된 것은 내게 과분한 일이었다.

그러던 어느 날 평생 처음 보는 신기한 일을 접하게 되었다.

부둣가 가까이에서 어른 몇 명이 빙 둘러서 있기에 나도 구경을 했다. 판 위에 딱지처럼 생긴 넉 장의 흰 골판지를 올려놓고 순서를 몇 번 뒤바꾼 후 그중 뒷면에 동그라미를 그려놓은 골판지를 뽑아내는 사람이 판돈을 따는 게임이었다.

옆에서 가만히 들여다보니 나에게는 동그라미가 그려진 골판지가 어느 것인지 너무도 분명한데 손님은 늘 엉뚱한 것을 선택했다. 다른 손님도 마찬가지였다.

나는 그 손님들이 너무 어리석게 여겨졌다. 내가 하면 금방 알아맞힐 것 같았다. 약재 사고 남은 돈 모두를 걸고 이 쉬운 게임에 이겨보고 싶었다. 그러나 도회지에 가면 조심하라는 어머니의 말씀이 생각나 주춤거렸다.

그렇지만 이렇게 쉬운 게임을 내가 질 리 없다는 생각이 나를 잡아끌었다. 당장 돈이 생기는 일을 포기하는 것은 정말 바보스러운 일이었다.

드디어 나는 떨리는 목소리로 아저씨께 말을 걸었다. "저~제가 한번 해도 되나요?" 아저씨는 인자한 목소리로 승낙했다. 나는 두 눈을 부릅뜨고 아저씨의 손놀림을 응시했다. 섞기가 끝나고 드디어 내가 뽑을 시간이 되었다.

나는 회심의 미소를 지었다. 이렇게 쉬운 일로 돈을 벌 수 있다고 생각하니 참 세상은 요지경 속이라는 생각도 들었다. 나는 힘껏 골판지를 뽑아 들었다. 정말 귀신이 곡할 노릇이었다. 그 골판지에 있어야 할 동그라미가 없었다. 나는 여비까지 포함해서 돈을 몽땅 날리고 말았다.

집에 가서야 그 어른들이 바보가 아니라 야바위꾼 패거리였다는 사실을 알게 되었다. 중학교 1학년 때 그 허탈한 여름날의 경험을 생각하면 지금도 나는 움츠러든다.

어린 시절의 그 경험은 내게 교훈을 주었다. 나는 그 후 무리한 돈 욕심을 부려 사기당하는 일을 멀리할 수 있었다. 늘 내 능력 안에서 생활하려 했고 지나친 욕심을 경계했다. 그런데도 그 헛된 욕심은 가끔씩 고개를 처들곤 했다.

십 년 전, 나는 인도 거리를 어슬렁거리고 있었다. 목적도 없이 배낭 하나 짊어지고 뭄바이 시내를 돌다가 타지마할 호텔에 들러 멋스러운 분위기도 느껴보고 또다시 슬금슬금 이곳저곳을 배회했다. 영국풍이 물씬 풍기는 미술관도 가고 시장 거리에서 사람들도 구경했다.

그때 잘생긴 인도 사람이 다가와 환전을 하라고 했다. 백 달러에 얼마를 바꿔주느냐고 물었더니 공정환율보다 무려 20퍼센트나 많은 4천2백 루피를 준다고 했다. 귀가 번쩍 띄었다. 배낭에서 달러를 꺼내 들고 그를 따라나섰다. 내게서 달러를 받아든 그는 인도 돈을 세어 내게 건네주었다.

부피가 너무 얇아 뭔가 이상하다는 생각이 들어 막 돈을 세려는데 그가 힘껏 달아났다. 전력을 다해 뒤쫓았지만 인도 사람들의 물결 속에서 누가 누군지 구별되지 않았다. 참 허탈한 일이었다.

나는 사기당했다는 사람들을 자주 만나 상담하면서 공통된 현상을 발견했다. 사기 치는 사람은 사기당하는 사람의 헛된 욕심을 알고 그것을 미끼로 접근한다는 것이다. 즉 헛된 욕심이 없는 사람에게는 사기를 칠 수 없다. 그래서 나는 이런 결론을 얻었다. 우리가 조금이라도 불로소득을 얻으려 할 때 사기를 당하는 법이라고… .

그런데 우리들 대부분은 "믿었던 사람이 사기를 쳤다."며 통분한다. 무얼 믿었던가 곰곰이 생각해보면, 아마 쉽게 이익을 주겠다는 상대방의 감언이설을 믿었을 것이다. 나는 상담하러 오는 분들께 이렇게 말한다. 어떤 경우에는 사기 치는 사람보다 사기당하는 사람이 더 나쁜 사람이라고.

돈

5월의 어느 찬란한 봄날, 나는 반 아이들과 얼굴이 마주칠까 봐 책상만 들여다보고 있었다. 초등학교 6학년 때 스승의 날을 맞아 아이들은 선생님께 와이셔츠와 넥타이를 선물하기로 의견을 모았고 각자 얼마간의 돈을 내기로 했는데 내가 그 돈을 내지 못했기 때문이다.

의료사고로 옥살이까지 한 아버지가 새로운 개업지를 찾아 이사한 지 며칠 되지 않아 친구들 얼굴도 제대로 익히지 못한 때였다. 막상 약속한 날이 다가와도 아버지는 내가 요청한 돈을 주지 못했다.

돈을 내라는 친구들의 독촉이 매일 계속되었다. 학교에서 돌아와 아버지에게 돈을 달라고 하면 아버지는 입을 굳게 다문 채먼지 묻은 약재 봉지만 털고 있었다.

아버지는 자신이 그 조그만 돈도 마련하지 못하는 현실이 곤혹스럽고 자식에게 설명해도 믿어주지 않으리라는 생각을 하시는 듯했다. 아버지의 미안해하는 눈빛만으로도 그 마음을 알아차린 나는 더 조르지 못했다.

친구들이 행복한 표정으로 와이셔츠와 넥타이를 선생님께 드리던 시간, 나는 결코 행복할 수 없었다.

어느 날 사업에 열심이던 한 친구가, 관료생활을 하다 유학길에 오르는 동창을 위해 돈을 모으자고 제안했다. 동창회장이었던 나는 얼마간의 돈이라도 친구들의 마음을 담아 전하는 것은의미 있는 일이라 여겨 친구들에게 형편껏 돈을 내라고 했다.

십여만 원을 내는 친구도 있었고 몇만 원을 내는 친구도 있었다. 나는 친구들의 정성이 흐뭇했다. 그러나 유학 가는 친구나돈을 모으자고 제안한 친구의 반응은 의외였다. 돈이 적다는 표정이 역력했다. 맥이 풀렸다.

정작 어렵게 사는 친구의 실직이나 아픔에는 별다른 반응을보이지 않던 그 친구가 먹고살 만한 친구에게는 꽤나 적극적으로 관심을 표하는 것 같아 매우 불쾌했다. 자신의 사업에 도움이 되었던 그에게 생색을 내려 한다는 쑥덕거림과 만나기만 하면 골프 이야기만 늘어놓는다고 나무라던 친구들의 말이 새삼 실감이 났다.

좋은 일을 한다는 명분을 내거는 이들이 정작 자신은 돈 한 푼 내지 않으면서 남에게는 쉽게 돈을 요구하는 경우를 본다. 이런 일들은 사회를 개혁하겠다는 이른바 지도층 인사들에게 더욱 흔하다.

한번은 친근하게 지내던 시민단체의 대표에게 연락이 왔다. 돈이 필요하다는 것이었다. 옳은 일을 하자면 돈이 필요하겠다는 생각이 들어 봉투에 정성껏 돈을 담아가지고 갔다.

막상 그를 만나자 자신은 돈을 다루지 않는다면서 사무직원에게 접수하라고 했다. 사무직원에게 갔더니 하던 일을 한참 보고 나서야 아주 사무적으로 돈을 접수해주었다. '우리는 옳은 일을 하고 있으니 당신들이 돈을 가져오는 것은 너무나 당연하다.'는 표정이었다.

그 시민단체는 그 뒤에도 자주 내게 돈이 필요하다는 전화를 했다. 그 전화음성은 여전히 고맙다거나 미안한 기색이 없었다. 나는 그 시민단체에 돈 내는 일을 다시 생각해보게 되었다.

진정으로 도움을 주어야 할 사람은 외면하면서 제 힘으로 충분히 살 수 있는 사람에게 유달리 너그러운 사람이 많다. 사업하는 한 선배가 후배검사에게 돈을 자주 주노라고 얘기했다. 그 선배에게 왜 그런 돈을 주느냐고 물었더니 검사가 된 후배가 자랑스러워 그런다는 것이었다.

나는 어려움 속에서 좋은 일을 하는 자랑스러운 다른 후배에게는 후원을 하는지 묻고 싶었다. 물론 그가 그런 데 돈을 쓸 리 없었다. 나중에 필요할 때 써먹을 만한 후배에게 보험을 들어두듯 후원해놓고는 너그러운 사람인 양 폼을 잡는 것이다.

안타까운 마음으로 나는 후배검사에게 "검사가 되기 전에는 어려워도 도움 없이 살았으면서 이제 살 만한데 왜 도움을 받느냐. 사람들이 왜 도움을 주는지 곰곰이 생각해보라."고 충고했다. 그러자 후배는 내가 오히려 자신을 시샘하여 문제를 삼는다고 생각하는 듯했다. 대학 시절 패기 있고 순박했던 후배의 얼굴이 폭탄주로 얼룩져 보였다.

우리 사회에는 돈 없어서 못 하지 돈만 있으면 얼마든지 좋은 일을 할 수 있다고 생각하는 사람들이 의외로 많다. 연로한 부모님이 병들어도 자신은 돈이 없기 때문에 아무 일도 할 수 없다면서 돈 있는 형제가 다 감당하기를 바란다. 자신은 단돈 몇만 원도 내놓지 않고, 부모님 손발 한 번 주물러드리지 않으면서 다른 가족의 돈으로 효자 노릇을 하려 든다.

만나는 사람마다 돈이 없어서 국회의원이 못되고, 돈이 없어서 승진을 못 하고, 돈이 없어서 사업에 실패하고, 돈이 없어서 대학에 못 들어간다고 한다. 남에게 베풀지 못하는 것도 가지지 못해서이고, 양질의 교육을 못 하는 것도 시설이 열악하고 인력이 부족해서라고 한다.

대학발전모임에 가도 기금이 필요하다는 이야기만 늘어놓지 학생들에게 무엇을 주고 어떻게 가르칠 것인지에 대한 의견은 들을 수 없다. 청소년 교육도, 민주화도, 환경운동도, 심지어 영성을 심어주는 데도 누군가 기부만 하면 일이 거저 될 것처럼 말들 한다.

고등학교 시절, 하루도 빠짐없이 한 편의 글을 써서 매일 아침 우리들에게 들려주던 선생님이 있었다. 우리는 수업을 시작하기 전 동서고금의 지혜가 담긴 그의 글을 음악과 함께 들으며 고등학교 3년을 보냈다.

우리들 중 누군가 마음이 울적한 낌새라도 보이면 조용히 다가와 우리가 얼마나 고귀한 존재인지 깨우쳐주었고 꿈과 희망을 잃지 않도록 해주었다. 공부를 잘하건 못하건, 부유하건 가난하건 누구에게나 골고루 관심을 보여주었고 누가 결석이라도 하면 반드시 자전거를 타고 찾아갔다. 그는 우리에게 귀중한 무언가를 끊임없이 주었지만 한 번도 돈타령을 하지 않았다.

아무리 훌륭한 시설을 갖춘 학교라도 그처럼 날마다 아름다운 음악을 선곡하여 들려주기는 어려울 것이고 아무리 부유한 학교라도 그처럼 날마다 직접 쓴 지혜의 글을 전달할 수는 없을 것이다.

그는 장학금을 마련해야 한다고 나서지도 않았고, 시설을 늘려야 한다고 누군가에게 기부를 강요하지도 않았다. 그가 나중에 대학교수로, 가톨릭 학술지 〈신학전망〉의 편집인으로, 지금은 70 고령에도 신협중앙회 회장으로 활동하는 걸 보면 "돈, 돈!" 하지 않아도 자신이 뜻한 바를 이루어나가는 데 아무런 문제가 없음을 실감하게 된다.

'돈이 없어서가 아니라 사랑이 부족해서, 좀 더 노력하지 못해서, 지혜롭지 못해서'라고 고백하는 우리의 모습을 소망해본다.

어느 부장판사와 일류대학 교수

몇 달 전 여의도성당에서 평신도 특강을 하고 나오는데 한 신사가 온몸으로 나를 꽉 껴안았다. 그는 내게 사과할 일이 있다며 저녁을 사겠다고 했다. 기억을 더듬어 보니 내가 변론했던 사건의 담당 판사였다. 늘 누군가를 억누르는 듯한 목소리에 사람들을 내려다보는 듯한 눈길로 기억되는 사람이었다. 법정에서 그를 볼 때마다 나는 그냥 주먹이나 한 대 날려주고 싶었다.

가까운 곳에서 저녁을 함께했다. 그가 나를 특별히 기억하는 이유가 있었다. 어느 날 평소처럼 재판을 진행하며 자신의 의견을 밝혔는데 변호사인 내가 반박을 하더라는 것이다.

판사로 지내던 10여 년간 변호사가 판사의 의견이 틀렸다며 법정에서 반박한 경우는 처음이어서 재판이 끝나고 그 문제를 검토했더니 정말 자신이 틀렸더라는 것이다.

내 반박 때문에 처음으로 자신의 재판 진행을 돌아볼 기회를 가졌다면서 미안하다는 말을 하고 싶었는데 차일피일 시간을 보내버렸다고 했다. 그리고 그간 자신이 겪은 이야기도 털어놓았다.

아내는 부장판사 출신 변호사는 돈을 많이 번다고 들었다면서 변호사 개업을 강력히 권유했다. 그는 걱정이 되기도 했지만 세간의 소문을 믿고 개업을 했다. 사건을 '물어오는' 브로커가 있어야 고객이 많다는 소문대로 브로커 사무장 3명을 고용했더니 과연 전관예우를 기대하는 의뢰인들이 브로커를 통해 찾아왔고 사무실은 번창하는 듯했다. 고객이 많아 열심히 교도소로, 법정으로 뛰어다니며 1년을 보냈다.

그러나 사건을 가져온 브로커들에게 소개비와 급료를 주고, 임대료며 각종 세금을 내고 나니 오히려 적자가 나고 있었다. 돈을 벌겠다고 정말 열심히 뛰었지만 결과는 전혀 엉뚱했다.

고객이 많으면 많을수록 일을 처리하느라 자신은 피곤해지고 그에 따라 승소율은 떨어지고 비용은 높아가는 구조라는 것을 알게 되었다. 열심히 하면 할수록 빚만 늘어나니 폐업을 해야겠다고 아내에게 상의하자 무능한 사람이라며 인간 취급도 하지 않았다.

폐업 후 갈 곳은 성당뿐이었다. 성당에 나오면 마음이 편안했다. 희망도 생겼다. 지금은 아무것도 하지 않지만 앞으로 어떤 일을 하든 정도를 걷겠다며 맑은 미소를 지었다.

실업자가 됐지만 그는 판사 시절의 그 답답하고 소심한 사람이 아니었다. 자신의 잘못에 대해 사과할 줄 알고 자신을 낮출 줄도 아는 거인으로 변해있었다.

주위에는 의외로 초일류 학력의 '문제 어른'이 많다. 하버드대학에서 박사학위를 받고 일류대학 교수로 있는 어느 유명한 어른은 만날 때마다 하버드와 미국 타령이다. 그에게 그 단어들을 빼면 무엇이 남을까 싶을 정도로 그의 삶은 무미건조해 보인다. 그에게는 스승의 날에 찾아오는 제자도 조교도 없다.

신문에 쓴 글이 연구실 곳곳에 붙어있지만 무엇을 위해 유명한지 궁금할 때가 많다. 그는 하버드와 일류대학 교수라는 짐을 양어깨에 짊어지고 오늘도 쓸쓸히 연구실을 지키고 있다.

그와 사회문제를 논의하면 그럴듯한 단어들이 등장하지만 내용은 새로운 게 없다. 신문에서 늘 보던 내용이거나 교과서에서 읽은 것들이다. 성경까지도 마음으로 읽으려 하지 않고 서양역사나 전공을 제대로 알기 위해서 공부해야 한다고 덤빈다.

안타까워 성당에 나가자고 권하면 가톨릭이 어떻고 불교가 어떻고 그는 또 지식을 늘어놓는다. 그를 밝은 곳으로, 넓은 곳으로 이끌어내고 싶어 여러 차례 가톨릭을 권유했지만 늘 '성경 공부'를 해보겠다는 대답으로 끝을 맺었다.

그러던 어느 날 민사소송에 연루된 그가 담당 판사를 아느냐며 나를 찾아왔다. 실제 재판에서 판사와의 친소관계가 아무 영향을 끼치지 못하는데도 그다운 판단을 내린 것이다. 줄을 대봐야 헛일이라고 설득했지만 내 말을 들으려 하지 않았다.

그 순간 담당 판사의 여동생이 수녀님이라는 생각이 떠올랐다. 이 기회에 가톨릭을 접하게 해야겠다 싶어 그 수녀님이 가르치는 예비자 교리반에 등록하라고 했다. 그러면 수녀님을 통해 당신 사정도 얘기해 볼 수 있지 않겠느냐고…. 그는 반색을 하며 그렇게 하겠다고 했다.

그와 성당에 등록하러 가는데 짓궂으신 하느님의 음성이 들리는 것 같았다. 그때 알았다. 그분은 어떤 죄인도 사랑하신다는 것, 그리고 그 사람의 그릇에 맞게 부르신다는 것, 그리고 우리의 간절한 기도를 들어주신다는 것을.

성공했나 싶었더니

박 변호사를 처음 본 것은 동창회에서였다. 누군가 마구잡이로 악수를 청하며 명함을 돌려 유심히 봤더니 박 변호사였다. 어느 날 출근길에 기사가 운전하는 벤츠 뒷좌석에 젊은 사람이 있어 보았더니 박 변호사였다. 미남에 머리 좋고 말 잘하는 그는 재벌의 상속녀와 결혼하여 그야말로 잘나간다는 소문이었다. 박 변호사가 정치에 입문했다는 이야기도, 사업을 한다는 이야기도 들렸다. 그의 성공담이 커가면서 그는 우리 곁에서 멀어져갔다.

10여 년이 지난 어느 날 그와 가까이 지내는 후배변호사가 그의 이야기를 꺼냈다. 그가 이혼을 했고 또 사업에 크게 망해 다시 사업을 일으키려고 이것저것 손대며 동분서주한다는 것이었다. 늘 자신만만하던 그가 실패를 하다니…. 믿어지지 않았다.

후배변호사는 자신도 박 변호사처럼 성공을 향해 열심히 뛰었는데 그것이 오히려 자신을 갉아먹는 일이었다며 회한을 털어놓았다. 성공에 관한 책을 읽고 리더십 강의까지 들으며 그 무엇인가가 되어보려고 노력했다는 것이다. 그는 책과 강의를 통해 익힌 방법대로 각종 모임에 찬조금을 내면서 사람들과의 유대관계에 온 정성을 쏟았다.

성공하기 위해서는 자신을 차별화해야 한다는 말에 외국법을 공부하고, 사람들을 만나면 항상 국제법 전문가라는 것을 부각시키려고 무수히 명함을 뿌렸다. 외국변호사도 고용하여 사무실도 확장했다. 기업체나 대학에도 초청받아 외국법을 강의했고 세미나에서 주제발표도 했다. 이제 사람들은 자신을 국제법 전문가로 알아준다는 것이다.

그런데 한국사람인 자신이 외국법을 알면 얼마나 잘 알겠으며, 또 자기에게 맡겨진 외국법 관련 일이라는 것이 노력에 비해 수입이 없더라는 것이다. 더구나 이제 국제법 전문가로 알려진 자기에게 사람들이 국내소송을 맡기지 않아 사무실 운영도 어렵다고 했다. 자신을 부각시키려고 국제법 전문가라며 명함을 돌렸는데 되레 그것이 자신의 수입을 막고 있다며 씁쓰레한 웃음을 웃었다. 헤어지면서 보니 후배변호사의 머리도 이제는 희끗희끗했고 허리도 조금 구부정해 보였다.

다음 날 아침 사무실에서 매일 함께 하는 성경 묵상 시간에 나는 마르코복음을 읽으며 우리의 인간적 노력이 얼마나 헛된 것인지 새삼 느꼈다.

"그러나 그날과 시간은 아무도 모른다. 하늘에 있는 천사도 모르고 아들도 모르고 오직 아버지만이 아신다."

오늘 내가 당장 할 수 있는 사랑은 하지 않고, 오늘 내가 나눠 줄 수 있는 기쁨은 주지 않고, 나도 아버지만이 아시는 나의 앞날을 계획하며 오늘을 헛되이 보내지는 않았던가?

이른 나이에 미대 교수가 된 젊은 여성이 있다. 그녀는 학생들을 가르치는 것보다 더 하고 싶은 일이 있었다. 가르치는 것에 크게 보람을 느끼지 못했지만 대학교수라는 말을 듣는 맛을 포기할 수 없어 10여 년간 대학을 오고 갔다.

주위 사람들에게 자신의 고민을 얘기하면 모두가 그 좋은 자리를 그만두는 것은 말도 안 된다며 말렸다. 그러던 어느 날 그녀는 이런 성경 구절을 읽게 되었다.

"지금은 저 돌들과 건물이 웅장하게 보이겠지만 어느 하나 제자리에 얹혀있지 못하고 무너질 것이다."

그녀는 웅장하게 보이는 대학교수직을 버리고 자신이 평생 해보고 싶었던 일에 매진하기로 했다. 사람들이 자신이 디자인한 책을 보며 평안을 느끼고 위로를 받는 그런 소박하고 따뜻한 꿈을 실현해보기로 한 것이다.

그녀는 이제 남들이 알아주지는 않지만 정말 사람들에게 가치 있는 것을 전해주려고 애쓰는 작은 출판사에서 책 디자인을 하고 있다. 책을 보며 행복해할 사람들을 상상하면서 이렇게 저렇게 디자인을 해보는 요즘이 그렇게 편하고 기쁘다며 환한 표정이 된다. 성공학 리더십 강의를 들은 적이 있는 그녀는 그런 강의들이 자칫하면 우리의 진정한 성공을 방해하는지도 모른다는 생각이 요사이 든다는 것이있다.

오늘 나도 남에게 보여주기 위한 허망한 성공을 위해 하루를 보내고 있지는 않은가 곰곰 생각해보게 된다.

내가 받은 통행료

퇴근하다 보니 서초동 '예술의전당' 밑으로 길이 뻥 뚫려있었다. 서울에서 과천, 분당을 바로 잇는 터널이 새로 생긴 것이다. 호기심 많은 나는 아내와 딸을 불러내 집 옆으로 난 터널을 신나게 달렸다. 그러나 터널이 끝나는 지점에서 2천 원의 통행료를 내야 했다. 돌아오는 길은 혼잡하지만 통행료를 내지 않아도 되는 우회로를 거쳐 서울로 돌아왔다.

다음날 출근길에 새로 난 터널을 유심히 살펴봤다. 통과하는 자동차가 거의 보이지 않았다. 서울시청과 분당, 과천을 직통하는 길이라서 기존도로의 교통난을 피하기 위해 수많은 승용차가 이용하리라 생각했는데 예상과 전혀 달랐다. 아직 홍보가 덜 되었겠지만 지금 당장 2천 원을 내야 하는 부담이 크기 때문일 것이다.

아무리 많은 비용을 들여 편리하게 만들어놓아도 사람들은 조금만 부담을 느끼면 피하게 된다는 생각이 들었다. 그런 생각을 하다가 나도 나에게 다가오는 사람들에게 어떤 통행료를 부과하고 살았는지 자문해보았다.

어린 시절부터 나는 꿈이 많았다. 그 꿈은 내 처지를 벗어나기 위한 것이었다. 내 삶을 자유롭지 못하게 하는 가난의 굴레와 사람들에게 아무 영향을 주지 못하는 무기력에서 벗어나 여유롭고 영향력 있는 사람이 되고 싶었다.

그런 꿈을 이루기 위해 나는 내 자신의 일에만 집중했다. 남을 배려하는 여유를 갖지 못했다. 그러나 요즘 들어 나를 세우기 위한 그런 노력들이 모두 허사였다는 생각이 든다.

작년에 시골의 작은 성당에 갔을 때였다. 주변에 미군 부대가 있어 화려한 쇼를 하는 곳이 많다며 맥주 한잔 하자는 젊은 신부를 따라나섰다.

그러나 정작 그가 안내한 맥줏집은 할머니 세 분이 허름한 탁자를 두고 닳아빠진 의자에 앉아 화투를 치고 있는, 초라하기 이를 데 없는 닭튀김 집이었다.

할머니가 튀겨주신 닭을 안주 삼아 맥주를 나누며 젊은 신부는 두렵기만 했던 하느님이 따뜻하게 다가오던 순간을 이야기했다. 그때부터 매일 새벽에 일어나 온몸에 찬물을 끼얹으며 하루하루를 즐겁고 의미 있게 보냈던 이야기도…. 그가 살아온 날들은 따뜻함과 열정으로 가득 차 있었다.

순간순간 최선을 다하는 그의 열정이 그대로 나에게 전해져 왔다. 화투를 치고 있는 할머니들이 어느새 어린 시절 화롯불 옆에 오손도손 모여 앉아 옛날이야기를 들려주던 친할머니의 모습으로 따뜻하게 다가왔다. 밤은 무르익어 갔고 닭튀김 집은 더욱 밝아만 갔다.

자리를 뜨기 전 그의 꿈을 물었더니 '후배들이 편하게 느끼는 신부'가 되고 싶다는 거였다. 무슨 거창한 꿈을 꾸고 있을 거라고 기대했던 나는 무엇엔가 한 대 얻어맞은 듯했다.

신학생 시절 항상 편하게 대해주던 교수 신부가 있었는데 그를 보면서 남에게 편한 사람이 되어야지 하는 결심을 하게 되었다고. 그는 까다로운 나에게도 편한 사람으로 다가와 나도` 아무런 거리낌 없이 그에게 마음을 털어놓게 되었다.

삼십 대의 이 젊은 신부가 꾸고 있는 꿈을 나는 사십이 넘을 때까지 한 번도 꾸지 않았다는데 생각이 미치자 갑자기 부끄럽고 허탈해졌다.

나는 신문지면이 세상의 부정과 불의로 채워지는 것을 볼 때마다 따뜻한 세상을 만들어야겠다는 거창한 꿈을 꾸었다. 그러나 내가 만나는 가까운 사람들에게도 따뜻함을 주지 못하면서 세상을 따뜻하게 만들겠다는 것은 위선이었다.

집에 돌아와서도 나는 그동안 세상을 헛살았다는 생각에 며칠간 마음을 가눌 수 없었다. 나는 남의 주장은 귀담아듣지 않으면서 남들이 내 주장에 귀 기울여주길 바랐고 나와 의견이 다르면 가차 없이 비판했다.

나는 남에게 이런 값비싼 통행료를 요구하면서도 남이 나에게 원하는 통행료를 지불하는 데는 인색했다. 남을 진심으로 칭찬하지 못했고 남의 의견을 성의껏 듣지 못했다.

통행료를 지불하지 않는 나에게 그들은 가슴을 열어주지 않았다. 인생의 깊은 비밀을 나눠주는 사람도 없었고 깊은 사랑을 주는 사람도 없었다. 나는 그들의 따뜻한 가슴에 마음껏 안길 수 없는 사람이 되고 만 것이다. 내가 자초한 결과였다.

언젠가 나는 큰딸에게 책으로나 학교에서는 배우기 힘든, 내가 터득한 숫자의 비밀을 가르쳐준 적이 있다. 눈을 반짝이며 열심히 듣는 딸의 눈을 보며 고맙다는 생각이 들었고 더 많은 것을 알려주고 싶었다.

딸처럼 내가 남의 말에 귀를 기울이고 살았더라면 인생의 수많은 지혜를 전해 받을 수 있었을 거라는 생각이 들었다. 끝없이 사랑받으며 살았으리라는 생각도….

인생에도 얼마간 지름길이 있는데도 나는 이 길은 어떤가 저 길은 어떤가 홀로 방황하며 우회로만 다니면서 살지는 않았는지 생각해보았다.

함께 일할 후배변호사를 뽑기 위해 면접을 할 때면 나는 그런 생각을 더욱 많이 하게 된다. 그들 대부분은 입으로는 자신이 아직 부족한 사람이라고 말하면서 실제로는 남의 말에 전혀 귀 기울이지 않았다.

어떤 글을 읽은 뒤 그 필자의 견해가 무엇인지 말해보라고 하면 필자의 독특한 생각이나 주장에는 관심이 없고 이미 갖고 있는 자신의 선입견으로 판단하려고 든다. 신문이나 교과서에서 늘 보는 천편일률적인 논리를 자신의 것인 양하면서….

그럴 때면 그들이 자신의 생각이 이미 완성되었다고 믿는, 남의 의견이 자리 잡을 여지가 없는 철부지들이라는 생각이 든다. 그때 나는 또 나를 바라보게 된다. 나도 그들처럼 내 주장만을 하고 살았다.

한번은 유명한 탤런트에게 전화가 왔다. 접촉사고가 났는데 너무 억울하다는 것이었다. 나는 그에게 요점만 말하라고 다그쳤다. 법률 일을 하다 보면 사건의 핵심을 말하지 않고 일을 해결하는 데 아무런 도움이 되지 않는, 자신의 감정만 장황하게 늘어놓는 의뢰인들이 많아서 생긴 나의 나쁜 버릇이었다.

옆에서 듣고 있던 아내가 내 태도에 속이 상했던지 일의 해결보다 사람을 편하게 해주는 것이 더 중요하지 않냐며 잔소리를 했다.

나는 이처럼 일 중심으로 세상을 살아왔다. 그래서 법률문제를 잘 해결하는 고속도로는 갖게 되었는지 몰라도 사람들에게 내 방식에 맞춰야만 하는 부담스러운 통행료를 끊임없이 요구했던 것이다.

변호사를 만났을 때 자신의 감정을 배제하고 사건의 핵심만을 간추려 말할 수 있는 사람이 얼마나 되겠는가. 그럼에도 나는 의뢰자들이 핵심만 말하고 자신의 감정을 억누르는 '자기 억제'라는 통행료를 지불하기를 바랐다. 나 자신도 2천 원의 통행료를 내기 싫어 시간과 기름값이 더 드는 우회로를 택하는 '감정'을 중시하면서 남에게는 '지성'만을 강요한 것이다.

　오늘도 나는 우면산터널을 보며 출근한다. 3일이 지났는데도 터널은 한가하다. 이제는 나도 사람들이 마음의 빗장을 풀고 나에게 편히 다가올 수 있도록 통행료를 대폭 내려야겠다.

무리에 드느냐 진리에 드느냐

법원 앞을 지나가는데 후배변호사가 인사를 건넸다. 평소 외롭게 법정을 오가던 그가 그날은 대단히 호기로워 보였다. 어느 후보의 변호사협회장 선거운동을 돕는 중이었다. 그 후보가 당선되면 자신은 이사직을 맡는다며 잘 부탁한다고 했다. 그를 보며 사람은 무리에 들면 없던 힘도 생기는 것 같다는 생각이 들었다.

10여 년 전 기독교방송 객원해설위원으로 뉴스해설을 할 때였다. '민변민주사회를위한변호사모임'의 총무라는 분이 전화를 걸어 내 방송내용이 자신들의 진보적 성향과 맞다며 함께 활동하자는 것이었다. 인권운동으로 유명한 변호사들의 무리에 들어간다고 생각하니 나도 으쓱 힘이 났다.

첫 모임에 참석했다. 민변 출신 국회의원들도 참석해서 당시 야당의 정치적 주장이 적힌 노란띠를 두르고 구호를 외치는 것이었다. 진지하게 세상을 걱정하고 대안을 마련하는 자리인 줄 알고 갔는데 실망이 컸다. 다시는 그 모임에 가지 않았다.

지난해 수도이전 위헌 결정이 있자 진보성향의 법률가들이 '관습헌법'을 부인했다. 나는 정치성향에 따라 법이론까지 바꾸는 것은 옳지 않다는 글을 일간신문에 냈다. 그랬더니 이번에는 보수적 성향의 '헌변헌법을생각하는변호사모임'에서 함께 일하자며 전화를 했다. 나는 무리를 이루는 것이 싫어 거절했다.

지금은 '민변' 출신이 득세하고 있지만 보수세력이 들어서면 또 어떻게 될까? 사람들은 무리에 들지 않으면 뜻을 펼쳐보고 싶어도 그런 기회조차 갖기 어려울까 두려워한다. 이편에도 저편에도 서지 않으면 외롭다. 그래서 사람들은 끊임없이 누군가와 편을 짜는 것인가?

며칠 전 함께 일하는 데레사 씨가 몹시 당황스러워했다. 어느 신부님이 "윤학 미카엘 씨가 만드는 잡지를 보지 않겠다."는 전화를 했다는 것이다. 궁금해서 조심스럽게 전화를 드렸다. 신부님은 대뜸 내가 '오푸스데이' 회원이 아니냐는 것이었다.

나는 '오푸스데이'에 대해 정확히 알지도 못하고 또 단체가입도 좋아하지 않는다고 했더니 신부님은 오해가 풀리셨는지 껄껄 웃으시며 다시 책을 보내달라고 하셨다.

나는 눈물이 났다. 왜 사람들은 자신의 생각과 어느 한 부분만 달라도 다른 사람의 모든 것을 부정하려 하는가?

7년 전 한 피정에서 노교수가 비오 신부에 관한 프린트물을 일일이 나눠주고 있었다. 신앙의 본질을 꿰뚫은 영성적인 글이었다. 나는 그에게 〈가톨릭다이제스트〉에 연재하면 어떻겠냐고 했다. 교수님은 눈물을 흘렸다. 나는 어안이 벙벙해졌다.

독일에서 물리학을 공부한 그는 비오 신부에 관한 독일어책을 읽고 신앙의 신비를 확신하게 되었다. 보이는 것만을 믿어온 과학도가 비오 신부를 통해 인생관을 바꾼 것이다.

우리나라 사람들에게도 알려주고 싶어 틈틈이 번역했다. 귀국하여 가톨릭계 출판사에 알아봤더니 신비 신앙에 대한 거부감이 의외로 많아 출판이 어렵겠다고 했다.

숙소에 돌아와서도 그는 내 얼굴에 볼을 비비며 울었다. 가톨릭 자체가 신비로운 것인데 신비롭다는 이유로 출판이 막히는 게 몹시 답답했다는 것이다.

아무 데서도 출판해주지 않던 오상의 비오 신부 얘기가 〈가톨릭다이제스트〉에 실려 사람들에게 읽히기 시작했다. 연재가 끝나갈 무렵 교황청은 비오 신부를 성인으로 선포했다. 그제야 국내 여러 출판사에서 비오 신부에 관한 책이 쏟아져나왔다.

작가 한 분이 〈The Way〉라는 책을 번역해 보내주셨다. '오푸스데이'를 창립한 호세마리아 에스끄리바 신부가 쓴 책이었다. 40대 중반의 허전함 속에서 무엇인가를 찾아 헤매던 나에게 〈길〉은 내 가슴 저 밑바닥까지 흔들어 깨우며 길을 제시해주었다.

그런데 '오푸스데이'가 정통 가톨릭을 고수한다 하여 국내 가톨릭계의 평판이 좋지 않아 그 책 역시 가톨릭계 출판사에서 출판을 꺼린다는 것이었다. 오푸스데이를 비판하는 책을 사서 밤새 읽었다. 근거 없는 주장, 비난을 위한 비판이 많은 것 같았다. 무언가 석연찮았다.

결국 나는 비난을 감수하고 한국어판 〈길〉을 출판하기로 했다. 교황청은 2002년 호세마리아 에스끄리바 신부도 성인으로 선포했다. 지금 많은 분들이 〈길〉을 찾고 있다.

가톨릭은 진리를 먹고 사는 종교다. 그럼에도 진리가 사람들의 평판에 좌우되는 경우를 더러 본다. 다수가 비난하면 내용도 알아보지 않고 비난하고 다수가 칭송하면 멋모르고 좋아하는 경우가 있다. 〈다빈치 코드〉를 읽은 많은 분들이 예수를 희대의 사기꾼으로 몰면 우리도 그 목소리에 동참해야 하는가.

인간은 누구를 판단할 자격도 없지만, 꼭 판단하려거든 비판하는 사람의 말만 듣지 말고 비판받는 사람의 말을 들어보아야 하지 않을까.

나는 '민변'도 '헌변'도 '오푸스데이' 회원도 아니다. 그러나 그 안에 진리가 있고 사랑이 있으면 함께 하고 싶다. 무리에 속했다고 안도하는 희희낙락쟁이나 무리에 속하지 않았다고 두려워하는 겁쟁이는 되지 않았으면 싶다. 혼자라도 진리이면 가고 진리가 아니면 돌아서는, 진리를 향해 목숨을 바친 그분을 따르고 싶다.

교황을 보내며 교황을 맞으며

26년 전 교황으로 선출된 요한 바오로 2세는 이렇게 다가왔다.

"두려워하지 마십시오.

여러분 마음의 문을 그리스도께 활짝 여십시오.

그분의 구원능력에 맡기고 마음의 문을 여십시오.

정치, 경제, 국가라는 모든 경계를 넘어 마음의 문을 여십시오."

만능 스포츠맨으로 유머를 잃지 않으면서도 박사학위 두 개를 받을 만큼 지적인 사람, '여성 사제'와 '낙태 허용' 여론에는 꺾이지 않았지만 소외된 이들을 돕기 위해서는 TV 앞에 나서 여론을 주시하는 사람, 그는 이렇게 경계를 넘어 우리에게 다가왔다.

공산주의 몰락을 원하면서도 자본주의의 문제점에 눈감지 않고, 그 누구보다 인권, 생명, 전쟁에 대하여 진보적이지만 진리 수호에는 보수적인 분. 개혁을 거부하는 전통주의자에 대한 파문, 진보적 신학자에 대한 자격박탈도 그가 진보나 보수라는 세상의 경계에 머물고 있지 않음을 보여준다.

그가 경계를 넘은 자유인임은 가톨릭까지 부정하면서 종교재판, 십자군전쟁, 유대인학살 방관에 대해 용서를 구한 그의 진리를 향한 열정에서 극명하게 나타난다.

그는 왜 이처럼 관대하면서도 완고하고, 지적이면서도 영성적이며, 낭만적이면서도 사려 깊고, 닫혀있으면서도 열려있었던 것일까. 그것은 그가 세상이 아닌 천상으로 마음의 문을 열었기 때문이다. 가톨릭은 물론 이 세상의 그 어떤 것도 그에게는 하느님을 향한 과정일 뿐이었다.

그의 축 처진 어깨, 희미한 목소리, 떨리는 손에서 우리는 무엇을 보았는가. 병고에 허물어져 가는 나약한 인간이 아니라, 그 나약한 육체 안에 강건하게 숨 쉬고 있는 고귀한 영혼, 그리스도를 향한 한 영혼의 숭고한 몸부림을 보았다.

그분은 떠나면서까지 우리를 되돌아보게 한다. 우리는 모든 경계를 넘어 마음의 문을 열었는가? 그리스도에게 모든 것을 맡겼는가?

우리는 천상으로 마음 문을 연 그분조차도 지상의 경계 안에 가두고, 우리의 뜻에 맞게 행동하기를 바랐다. 틈만 나면 그를 보수니 진보니 재단했고 노쇠했다는 이유로 물러날 것을 강요했다. 유럽인이 제3세계의 아픔을 알겠느냐, 힘없는 그가 공산주의 몰락에 무슨 역할을 했겠느냐…. 우리는 사상, 외모, 지역, 힘의 유무로 분명한 경계를 긋고 그를 평가했다. 차기 교황도 우리가 그은 경계 안의 사람이 선출되기를 바랐다.

1980년 브라질 산 중턱 빈민가를 방문했을 때 교황은 부유층을 향해 "마음이 아프지 않습니까. 여러분의 풍요로움이 마음의 가시가 되지 않습니까. 굶주리는 이들을 이처럼 외면할 수 있습니까. 함께 나누도록 개혁합시다."라고 간절히 호소했다. 과연 교황이 보수적이었던가?

"나는 83세의 젊은이. 육체적 쇠약이 삶의 장애물은 아니다. 하느님은 외모를 보지 않고 영혼을 보신다."고 말하는 그 위대한 영혼에게 물러가라는 주장이 과연 온당했던가.

"교황은 바티칸 안에 죄인처럼 갇혀있어서는 안 된다. 나는 초원의 유목민들로부터 수도원의 수녀에 이르기까지 모든 사람들을 만나고 싶다."며 멕시코를 시작으로 129개국을 찾아 평화를 호소한 이가 유럽인이어서 백인이어서 가난한 나라, 소외받는 사람들에게 무관심했단 말인가.

이처럼 사상, 지역, 인종의 벽에 갇히면 모든 것을 그 프리즘을 통해 보게 된다. 새 교황선출까지도 우리는 '보수-진보 간의 경합장', '유럽-제3세계의 대결장'으로 보았다. 교황이 이념, 지역, 인종을 대변하는 정치인이라도 되는 양 "새 교황으로 이 사람이 되면 큰일이고 저 사람이 되어야 한다."고 떠들었다.

베네딕토 16세가 새 교황이 되자마자 '보수진영의 대표자'라는 둥 '요한 바오로 2세의 오른팔이었다.'는 둥 또 편견의 벽을 쌓기 시작한다. 이념, 지역, 인종의 벽에 갇힌 세상의 눈으로 인류 보편의 가치를 향해 자신을 넌시는 사람들까지 폄하해버리는 것이 과연 정의란 말인가.

교황이 마지막 이 세상을 떠나면서 우리에게 소망했던 것은 무엇일까. 자신의 죽음을 애도하기를 바랐을까, 아니면 우리 모두 마음의 문을 열기를 바랐을까.

역대 최고의 교황, 인류역사상 보기 드문 평화의 사도라고 인정받는 교황까지도 이처럼 자신의 잣대로 비난해버리는 우리를 다시 돌아보게 된다.

새 교황을 이제 더 이상 보수로 진보로, 젊고 늙음으로, 백인으로 흑인으로 가르는 잘못을 덧씌우지 않았으면 한다. 사람을 제대로 평가하려면 그가 '진리를 향해 가고 있는지' 그것 하나만을 잣대로 삼는 그런 사람들이 늘어갔으면 싶다.

할아버지 공덕비와 아버지의 꿈

아버지 고향에는 할아버지 공덕비가 있다. 흉년이 심한 일제 강점기에 마을 사람들이 굶주리자 할아버지가 곳간 문을 열었다고 했다. 흉년이 지난 후 마을 사람들은 은혜를 잊지 않고 마을 입구에 비석을 세워주었다. 이제 비석 갓의 한 귀퉁이가 떨어져 나가고 글씨도 닳아져 조라한 감마저 들지만 그 비석을 볼 때면 할아버지께서 살아가신 모습이 새삼 그려지곤 한다.

아버지는 가끔 내게 할아버지에 대한 섭섭함을 토로했다. 할아버지는 친구분들과 드시는 술값은 내시면서도 그렇게 공부하고 싶어 하던 아버지에게 학비를 주지 않아 아버지는 초등학교 2학년도 마칠 수 없었다며 자신의 어린 시절을 늘 안타까워했다. 사람들과 어울리기 좋아하고 듣기 좋은 소리만 듣고 싶어 하셨던 할아버지는 거의 매일 약주를 드시고 술값을 내셨다고 한다.

결국 새벽 일찍 일어나 밤늦게까지 부지런히 일하던 증조부가 일궈놓은 그 많은 재산을 모두 탕진해버렸다는 것이다.

더구나 할아버지는 아버지에게 학교를 그만두게 하고 파시가 열리는 흑산도에 데려가서 겨우 열 살인 아버지에게 엿장수를 시키더라는 것이다. 그뿐만 아니라 부지런하고 상냥한 아버지가 뱃사람들에게 열심히 엿을 팔아 도시학교에도 갈 수 있는 큰돈을 마련했는데 팔짱만 끼고 지켜보던 할아버지가 고향에 돌아오자마자 그 돈을 술값으로 없애더라는 것이다.

할아버지 밑에 있어서는 안 되겠다는 생각이 든 아버지는 김제에 있는 어느 일본인 농장에 일꾼으로 갔다. 성실한 아버지를 눈여겨본 일본인 주인은 일본에 데려가겠다며 부모의 허락을 받아오라고 했다.

극구 "부모 곁을 떠나서는 안 된다."는 할아버지의 뜻을 거역하지 못했던 아버지는 "젊은 그때 일본에 갔더라면 새로운 세상

을 살아봤을 텐데 평생을 갇혀 살았다.”며 자신의 생을 늘 못마
땅해하셨다.

초등학교 문턱만 밟은 학력으로 스스로 공부하여 한약업사시
험까지 합격한 것을 보면 아버지는 참 영민한 분이었다. 그런
아버지가 시골에서 평생을 보내며 자신의 삶을 맘껏 살아보지
못했으니 한이 없을 리 없다. 아버지의 이야기를 들을 때마다
나도 아버지의 생이 안타깝기만 했다.

아버지는 내가 공부할 때면 밤이고 낮이고 늘 나와 함께 있었
다. 물을 떠다 주고 먹을 것을 챙겨주었다. 배가 아프다고 하면
배를 쓰다듬어주었고 춥다고 하면 군불을 넣어주었다. 나는 대
감처럼 방에 앉아 책만 보면 그만이었다. 시골에서 구하기 힘든
책도 아버지에게 요구하면 도회지에 나가 반드시 사다 주었다.

그런 아버지도, 할아버지도 이제 이 세상에 안 계신다. 나도
장래 내 아들에게 어떤 모습으로 그려질까 궁금해진다. 또 내
아들은 내 아들의 아들에게 어떤 모습으로 그려질까?

요즘 친일행적이 문제 되고 있다. 어릴 때부터 수없이 들어왔
던 그 이야기를 또다시 들으며 나는 내 조상의 행적을 생각해보
게 된다.

만약 아버지가 일본인 농장주인의 권유대로 일본에 가 그 영
민한 머리로 일본학교를 졸업하고 일본의 관료가 되었다면 아
버지는 자신의 인생을 어떻게 평가했을까? 자식인 나는 그때
일본에 가는 것이 소원이었던 아버지의 소망이 이루어졌더라면
하고 바라야 하나, 아니면 친일부모를 두었다고 비난받을까 봐
아버지가 일본에 가지 않았던 것을 안도해야 하나?

"우리 아버지는 일본에서 아무개 대학을 나오셨어요." 하고
자랑스럽게 얘기하는 사람에게 '집안이 좋은 사람'이라고 추켜
올리고 그렇지 못한 자신의 집안에 대해서 우물우물했던 우리
가 일제청산을 부르짖는 사람 중에는 없는가? 일본 강점기에
의기양양 살았던 조상을 자랑스러워하는 후손과 친일행적을 파
헤치자는 후손은 과연 서로 다른 사람들일까?
　너는 '선'의 후손이고 나는 '악'의 후손인가. 선과 악, 빛과 그
림자가 공존하는 그 영원한 진리를 던져버리고 한쪽만 보겠다
는 것이 과연 진정한 정의일까?

성경에는 술에 취해 벌거벗은 노아의 이야기가 나온다. 분명
노아가 잘못했지만 성경에 노아의 벌거벗음을 떠들어댄 아들
함을 저주하고 벌거벗은 노아의 몸을 덮어준 아들 셈과 야벳을

축복하고 있다.

조선 시대, 일본 강점기에 저질러졌던 조상의 잘못을 헤집고 고발하고 끌어내리는 이웃이 되기보다, 고마운 일을 기억해내고 그것을 표현하는 이웃으로 살고 싶다. 자신의 잘못은 파헤쳐 반성하고 남의 잘한 점은 찾아서 칭찬해주는 그런 이웃은 과연 없는 것일까?

어느 날 불쑥 "그때 당신 할아버지 때문에 배고픔을 면하고 잘살고 있다." 또는 "당신 아버지가 지어준 한약 한 제에 죽을 고비를 넘겼다."며 고마워하는 그런 사람을 만나고 싶다.

수도가 없어 물지게를 져야 했던 마을에 수도를 놓아주었던 분, 암흑이 감도는 마을에 재산을 털어 교회나 성당을 지어주었던 그런 아름다운 분을 찾아 나서는, 그런 별처럼 빛나는 마음을 가진 사람을 만나고 싶다. 그리고 자신의 잘못을 부끄러워하고 용서를 구하는 사람도….

정치인 이야기 정치 이야기

　어릴 적 마을 어른들은 모였다 하면 술상을 앞에 두고 정치인 이야기를 했다. 지금 생각해보면 정치인에 대한 그분들의 관심은 대단했다. 이승만, 박정희, 김대중, 김영삼, 여·야당의 중진 의원 등 당대를 주름잡던 정치인들은 물론 장·차관, 심지어는 태백산 어느 산골짜기의 국회의원 이름까지 줄줄이 입에서 오르내렸다.

　어느 때는 이야기를 즐겁게 나누다가도 누가 누구보다 낫다느니 못하다느니 편을 갈라 다투었다. 그렇게 다툰 후에는 몇 달씩 서로 얼굴도 보지 않고 지냈다.

나는 국회의원과 일면식도 없는 분들이 그들을 지지하고 반대하는 것을 보면서, 또 그분들이 만나면 하는 이야기의 주제가 늘 정치인인 것을 보면서 '국회의원'의 역할이 대단할 거라고 생각했다. 나도 사람들의 입에 오르내리는 정치인이 되고 싶은 욕구가 생겼다.

대학에 다니기 위해 올라온 서울에서도 이런 현상은 마찬가지였다. 택시기사 아저씨나 학생이나 정치인에 대한 이야기가 주요 화제였다. 국민 모두가 정치전문가였다. 그런데도 예나 지금이나 우리는 정치가 잘못되어 우리나라가 이 모양 이 꼴이라고 한탄하는 이야기를 한다.

나는 요즈음 바른 사회를 만들겠다고 나서는 많은 분들이 어릴 적 동네 어른들과 비슷하다는 생각을 한다. 만났다 하면 특정 정치인의 이름을 수없이 거론하는 것도 그렇고, 진보니 보수니 서로 편을 갈라 싸우고, 의견이 맞지 않으면 대화 상대로조차 보시 않는 것노 그렇다.

그들이 격렬하게 정치인을 거론하면 할수록 내가 어렸을 때와 마찬가지로 국민들은 정치인을 힘 있고 대단한 사람들로 여길 것이다. 정치가 잘되어야만 국민들이 행복하다고 생각하다 보면 모두들 정치인에게만 나라의 중대사를 의존하려 할지도 모른다.

시민단체까지도 정치인 개개인에 대한 관심을 증폭시키는 눈에 띄는 운동만 전개하고 정작 국민들이 가져야 할 정치에 대한 시각이나 방향을 제시하는 데에는 소홀하다. 국민들도 정치인에 대한 관심을 정치에 대한 관심으로 착각하고 특정 정치인에 대한 비난과 지지에 열을 올린다.

87년 대통령선거운동이 한창일 때 나는 친구들과 무리를 따라 김대중 씨 지지집회가 열렸던 여의도에서 시청까지 걸었다. 지역 차별과 군사독재의 폐해로 가진 자와 갖지 못한 자 사이에 도저히 메울 수 없는 간격을 실감하며 이 나라에 정의가 없다고 매일 울분을 터뜨리던 때였다.

지역차별을 타파하고 군사독재의 뿌리를 뽑아낼 인물로 나는 '대중민주주의'를 주장하는 김대중 씨가 대통령이 되어야 한다는 생각에 사로잡혀 있었다. 수백만의 시민이 김대중을 환호하며 여의도로 향해가는 장면은 그야말로 장관이었다. 이제는 새로운 세상이 올 거라고 우리는 환호했다.

그러나 김대중 씨는 그해 대선에서 노태우 씨에게, 그다음 대선에서는 김영삼 씨에게 패했고 늘 그랬듯이 부정선거라고, 부도덕한 정권이라고 규탄했다. 우리는 그의 주장이 맞을 거라며 그를 동정하고 따랐다.

　이런 우리들의 끝없는 염원대로 10년 후인 97년 그는 대통령이 되었다. 나는 대통령이 된 그가 그동안 끊임없이 부르짖던 '없는 자들을 위한 나라'를 만들고 '지역을 기반으로 하지 않는 정치'를 하기를 희망했다. 그러나 그는 '있는 자들로부터 빼앗는 정책' '능력 있는 자를 기용하지 않는 정책'을 '없는 자들을 잘살게 하는 정책'으로 여기는 듯했다.

　날만 새면 재벌 개혁한다, 고위공직자를 몰아낸다, 부동산 열풍을 잡는다 하면서 무엇을 만드는 정책이 아니라 무엇을 없애겠다는 정책만을 내놓았다. 재벌 때문에, 공직자 때문에, 부동산 때문에 없는 사람들이 못사는 것이라는 뉘앙스가 붙어 다니는 정책으로 인기몰이를 했다.

　김대중 정권은 없는 이들을 몹시 위하는 나라를 만들 것처럼 요란을 떨었다. 가난한 것은 가진 사람이 많이 가졌기 때문이라는 비난성 정책으로 갖지 못한 사람의 지지를 끌어내고, 호남사람을 우대함으로써 호남사람의 지지를 유지하려는 그 전박한 정책은 김대중 씨를 열렬히 지지했던 우리를 너무도 부끄럽게 했다.

노무현 대통령이 탄핵당하자 탄핵정국으로 많은 사람들이 여의도로 시청으로 몰려나왔다. 나는 그들을 보면서 나의 과거를 본다. 그들 역시 이렇게 많은 사람들이 분노하고 있는데 세상이 바뀔 거라고 믿고 있을 것이다.

그러나 이제 나는 누구를 끌어내려야 무엇을 할 수 있다거나 자신이 아닌 그 누구 때문에 무엇이 안 된다며 남을 비난하는 사람을 믿지 않는다.

우리가 못사는 것은 재벌 등 기득권을 지키려는 사람들 때문이라거나, 개혁이 안 되는 것은 야당 때문이라거나, 경제가 어려운 것을 과거 정권의 탓으로 돌리는 것은 무엇인가를 쉽게 얻어내려는 사람들이 하는 짓이라는 것을 보고 또 보았기 때문이다. 그런 사람들이 바꾸는 세상이란….

설령 남 때문에 무엇을 못하는 것이 사실이라 할지라도 그 원인을 자신의 탓으로 돌려 자신부터 성찰하는 사람이라야 무엇인가를 해낼 수 있지 않을까.

나는 지금까지 우리가 어렵게 사는 원인을 정치로 돌렸다. 그러나 내가 행복하지 못한 것이 정말 정치 때문이었는가? 내 행복이 정치에 좌우되는 것이라면 나는 정치인을 나의 주인으로 모시고 내 일보다 정치인이 하는 일에 모든 것을 쏟아야 할 것이다. 그러나 행복이 내 자신이 어떻게 하느냐에 달린 것이라면 정치인에게 그렇게 관심을 쏟을 이유가 없다.

내가 해야 할 일은 정치인을 통해 내가 바라는 지역차별 타파, 빈부격차가 시정되기를 바라는 생각을 접는 것이었다. 나부터 지역차별적 언사를 자제하고 내 아이들과 내 이웃에게도 그런 언행이 어떤 결과를 초래하는지 생각하게 하는 행동을 먼저 시작해야 했다.

빈부격차 해소도 정치인에게 바랄 것이 아니라 내가 가졌다면 남에게 좀 더 관대하고, 내가 갖지 못했다면 좀 더 성실하게 생활하는 것에서 출발하면 되는 일이었다.

예나 지금이나 정치인은 자신의 당선이 먼저요, 그다음은 세력 확장 맨 나중이 정책실현이라는 생각에 깊이 빠져있는 사람들이 아니던가. 그런 사람들이 내가 바라는 것을 해주리라고 기대하고 매일 시위하고 그들의 반대세력을 비난하는 것은 너무나 내 자신에게 무책임한 일이 아닐까.

내 어릴 적 봤던 어른들이 정치에 대한 관심을 쏟는 대신 함께 산에 오르거나 음악을 듣고 노래도 하며, 또 시를 읊조리거나 불경이나 성경을 읽었다면 나는 그런 분야에 상당히 관심을 가졌을 것이고 그런 것들의 가치를 일찍이 체득했을 것이다.

그런 분위기에서 나와 내 친구들이 성장했다면 우리가 대학이나 사회에서 만났을 때 음악과 미술, 사랑과 자비를 공통의 주제로 삼았을지 모른다. 그리고 우리 정치도 지금쯤 과거에 비해 참 발전해 있을지 모른다.

어디에선가 모여 또 정치인에 대한 비난과 지지로 자신의 정의감을 과시하는 사람은 없는지, 또 그런 이야기를 들으며 정치에 대해 균형감 잃은 관심을 갖게 될 아이들은 없을지 걱정이된다.

누가 권력을 잡았다고 즐거워할 일도 아니요, 누가 권력을 빼앗겼다고 슬퍼할 일도 아니다. 빌라도도 나폴레옹도 망했지만 망하지 않은 것은 무엇인가? 내가 해야 할 일은 정치권력의 향배와 아무 상관 없는, 십 년이 지나도 백 년이 지나도 망하지 않는 진리에 가슴을 여는 일일 것이다.

동족이 정복자 로마인들에게 무참히 살해당하는 장면을 보고 예수께 달려갔으나 예수는 오히려 그에게 먼저 자신부터 회개하라고 하지 않았던가. 예수는 불의를 보고도 묵인하는 정의롭지 못한 사람이었던가? 아니다. 정치권력의 향배에만 모든 것을 의지하려는 사람들에게 더 중요한 일에 눈뜰 것을 요구한 것이 아니겠는가?

뒤바뀐 일등상

중학교 때였다. 가정 방문한 담임선생님이 "학이는 공부를 잘하니 부모님이 학교에 자주 찾아와야 한다."고 하시자 아버지는 "공부는 스스로 하는 것이지 부모가 왜 학교를 찾아다니느냐."고 퉁명스레 대꾸하셨다. 선생님은 답답하다는 표정을 지으며 그냥 우리 집을 나가고 말았다.

그 후 시험을 보면 담임선생님은 자신이 가르치는 과목만 유독 150점 만점으로 채점했다. 그래서 내가 다른 과목에서 앞서도 자신이 아끼는 아이와 그 과목에서 점수 차가 나도록 해 결국은 뒤지게 했다.

그러나 점수조정에도 한계가 있었는지 차츰 내가 1등이 되었고 점수조정이 불가능한 모의고사에서는 내가 평균 10점이나 앞섰다.

하지만 졸업식에서 전교 1등 상을 그 아이가 받는다는 소문이 들렸다. '분명 내가 1등인데….' 나는 분통이 터졌다. 졸업식에 가지 말까? 졸업식에 참석하여 모두가 보는 앞에서 2등 상장을 찢어버리고 그 부당함을 알릴까? 졸업식은 다가오고 있었다.

졸업식 날 아침 아버지는 이렇게 말씀하셨다.

"지는 것이 이기는 거다. 그냥 조용히 상을 받고 오너라. 공부는 중학교로 끝나지 않는다. 언젠가는 인정받게 돼 있다."

마음이 편안해졌다. 그런데도 막상 상을 받을 때에는 가슴이 두근거렸다. '불의를 이렇게 받아들여도 되는가. 내게 용기가 없는 것인가.'

씁쓸한 졸업식을 미치고 티덜티덜 집에 돌아오면서 나는 끝없이 생각에 잠겼다. 다른 선생님들은 왜 가만히 계시는 걸까? 1등 상 받은 아이는 부끄럽지도 않은가? 세상이 두렵기도 했다.

변호사가 되고서도 이런 억울한 일들은 나를 찾아왔다. 돈이 없다며 사정을 해 무료변론을 맡아 밤새 서류를 준비하고 도와 줬는데 무슨 이유인지 상대방과 짰다고 을러대며 다짜고짜 욕설과 멱살을 잡았다. 사재를 털고 시간을 쪼개 세상에 도움되는 조그만 일이라도 하면 칭찬은커녕 오히려 비아냥거림으로 돌아왔다. 남의 아픔에 위로는커녕 이야깃거리 삼아 즐기는 사람들이 많아 보였다.

그럴 때면 나는 졸업식이 끝나고 터덜터덜 집으로 돌아오던 그때처럼 쓸쓸하다. 외로움으로 눈물을 훔치기도 한다. 그러나 이런 외로움이 어디 나만의 일이겠는가.

대학을 졸업할 무렵 전두환 정권이 들어섰다. 사람들은 정권을 잡으려고 저지른 그의 잔혹함을 속속들이 알아가고 있었다. 그럼에도 그의 평생 동지는 늘어만 갔다.

사람들은 텔레비전에서 보여주는 코메디와 관능적인 쇼에 넋을 빼앗겼다. 그의 총탄에 맞아 비명에 간 사람들의 가족들은 아픈 가슴을 안고 눈물만 흘려야 했다.

오늘이라고 달라지진 않았다. 총칼만 들지 않았지 무리를 짓거나 인터넷의 익명성을 이용하여 인격살인을 서슴없이 행하면서도 자신의 잘못은 인식조차 않는다.

이름을 도용당해 인터넷 음란물배포업자로 알려져 명예를 훼손당한 어느 가장은 더러운 돈을 버는 놈이라는 욕설을 듣고 딸까지도 학교에서 놀림당하자 자살까지 결심했다. 국보급 예술가가 스승이 친일했다는 이유만으로 함께 묶여 친일분자로 몰리는 오늘이다.

어느 날 분통 터지는 일을 당하고 밥도 먹지 못하고 물 한 모금 마시지 않고 누워있었다. 그때 이런 생각이 떠올랐다. 나만 아니라 모두가 도처에서 억울한 일을 당하며 살고 있지 않느냐. 억울한 일을 피할 수는 없는 노릇이다. 그렇다면 나는 이 억울함을 이겨야 할 텐데 어떻게 해야 하나….

진리가 그렇듯이 답은 너무나 명료했다. 예수님은 자신을 못 박은 사람들의 부당함을 탓하지 않았다. "저들을 용서해주라."고 힘없이 외쳤다. 그 사형수의 힘없는 외침이 2천 년이 지난 오늘 내게 그 어떤 정의로운 외침보다 크게 들려오고 있었다. 나는 자리에서 벌떡 일어섰다. 그레 비로 그거야. 가슴속에 사랑만 있다면….

몇 년 전 담임선생님의 부음을 듣고 장례식에 참석했다. 사진 속 담임선생님은 평안히 미소 짓고 있었다. 중학교 졸업식

때의 그 2등 사건은 하느님께서 나에게 주신 큰 축복이었다.

오늘 내가 자랑할 것은 무엇인가? 나의 강함이 아니요 연약함일 것이다. 부당함을 부수는 정의로움, 정의의 목소리로 퍼붓는 논쟁에 나를 맡길 것이 아니라 억울함까지도 사랑할 수 있는 연약함, 수없이 지고 지더라도 이겨낼 수 있는 사랑의 씨앗을 키워낸다면 나야말로 세상에서 가장 행복한 사람일 것이다.

첫사랑의 설렘으로

인핵이 미친놈

어렸을 때 어머니는 내가 태어나기도 전에 돌아가셔서 한 번도 뵙지 못한 이모부 이야기를 종종 꺼내셨다. 지금도 생생한 것은 이모부가 새벽 일찍 황소가 끄는 쟁기를 들고 부지런히 황무지를 개간하고 있으면 동네 사람들 모두가 "인핵이 미친놈"이라고 놀렸다는 대목이다.

이모부는 서울에서 사업에 실패하고 처가에 와서 한참 동안 더부살이를 했다. 동네 사람들은 가진 것 없는 그를 멸시했다. 그러던 어느 날부터 이모부는 소금기가 있어 아무도 거들떠보지 않던 마을의 황무지를 쟁기로 갈아엎기 시작했다.

조상 대대로 마을의 옥토를 차지하기 위해 밤낮으로 노력했던 마을 사람들의 눈에 아무 쓸모 없는 황무지를 갈고 있는 이모부가 정신병자처럼 보였다. 마을 사람들은 모이기만 하면 "인핵이 미친놈"이라며 이모부를 비웃었다.

그러나 채 몇 년이 지나지 않아 그 황무지에서 벼가 자라자 사람들의 쑤군거림은 자취를 감추었다. 더구나 그것을 밑천으로 이모부는 방직공장을 세웠고 마을 사람들은 그 공장에 딸을 취직시켰다.

어머니는 머리를 길게 땋아 늘이고 마을 처녀들과 방직공장에서 일하던 그때가 참 좋았다며 과거를 회상하곤 했다.

어느 날 동창회에 갔는데 동문변호사를 소개하는 시간에 평소 가깝게 지내던 후배변호사가 자신이 더 돋보이려고 나를 슬쩍 밀쳐냈다. 순간 남에게 인정받는 자리를 향해 열심히 달려왔던 나의 모습이 보였다. 나는 나보다 뒤처져 보이는 선배들을 어떻게 대했으며, 얼마나 나서기를 좋아했던가.

문득 이모부가 떠올랐다. 더 나은 것, 더 큰 것을 이루려고 나는 옥답만 찾아다녔다. 내 인생도 다를 것 없었다. 아, 나도 이모부처럼 황무지를 개척해야겠구나!

다음 날 아침 잠자리에서 일어난 나는 마음속 깊은 곳에서 마치 새로운 세상에 온 듯 커다란 기쁨이 일렁거림을 느꼈다.

나는 평소 직원들이 잘못하면 화가 나서 참지 못하는 그런 사람이다. 잘못을 인정할 때까지 수없이 잔소리를 퍼부어도 직성이 풀리지 않는다. 상담하러 온 손님들이 내 능력을 믿어주지 않거나 이치에 맞지 않는 말을 하면 화가 나서 손님도 거침없이 쫓아내 버리는 성질을 갖고 있다. 그래서 사람들과의 관계가 원만하지 못했다.

그런데 그날 아침에는 이상하게 모든 사람들을 편안하게 대할 수 있겠다는 확신이 들었다. 출근하여 직원들 한 사람 한 사람에게 어떤 기쁨을 줄까 생각해 보니 내 인생은 한없이 행복한 것이었다. 손님들의 말에도 끝까지 귀를 기울일 수 있을 것 같았다.

이제는 나도 비좁은 옥답을 끌어안기 위해 몸부림칠 것이 아니라 저 드넓은 황무지, 기왕이면 버려지고 버려진 황무지를 개척해야겠다는 마음이 들었다. 사람들이 나를 이모부처럼 미친놈이라고 놀려도 개의치 않으리라….

나는 미소를 띠고 사무실에 출근했다. 만나는 사람들의 얼굴이 그렇게 정겨울 수가 없었다. 새로 태어난 기쁨, 세상 것을 좇지 않겠다고 결심하자마자 새로운 수확을 얻었다.

나도 이모부처럼 쟁기를 들었다. 적자투성이 종교잡지를 인수했다. 누군가에게 보여지는 정치·외교 활동이 아니라 조용히 글을 통해 세상에 평화를 심는 황무지를 일구기로 한 것이다.

자극적인 글이 있어야 독자가 생기고, 광고를 실어야 수익을 낸다는 진리 아닌 진리에도 도전했다. 흙덩이로 옹기를 빚어내는 옹기장이처럼 드러나지 않는 따뜻한 분들의 마음을 담아내는 그릇이고자 했다.

7년이 지난 지금 독자들의 감사편지를 수없이 받는다. 광고 없는 잡지경영은 쉽지 않지만 나는 계속할 것이다. 내 아이들이 읽다가 눈물을 떨어뜨리는 글은 요즘 더 필요하다고 믿기에….

다시 짐을 싸 중국으로

나는 그동안 여러 나라를 다니면서도 우리와 가장 가까운 중국에는 관심이 없었다. 그러다가 탈북동포를 돕는 한 신부를 만나고 싶어 중국으로 향했다.

두만강을 사이에 두고 연변에서 바라본 북녘 산은 마치 누더기처럼 밭으로 조각조각 나누어져 있었다. 먹을 것이 없어 산꼭대기까지 경작한 것이다. 그것도 비료를 못 주니 수확도 없다고 그 신부는 안타까워한다. 중국 쪽 산은 자연 그대로의 모습을 간직하고 있는데….

다음날 새벽 일찍 일어나 4시간가량 차를 타고 다시 2시간가

량 눈 덮인 산길을 올라가서야 탈북자들이 숨어있는 골짜기에 도착했다. 그들은 구덩이를 파고 두더지 같이 숨어있었다.

신부는 메고 간 큰 배낭에서 옷과 신발, 약들을 꺼내 한 사람 한 사람마다 꼼꼼히 설명하며 나눠주고 가족이 1년 이상 버틸 수 있는 돈도 챙겨주었다. 낯선 친절에 경계를 풀지 않다가 아무런 조건 없이 일어서 나오자 비로소 눈물을 흘리며 잡은 손을 놓지 않았다.

돌아오는 길, 그들의 눈이 떠올라 울음을 삼켜야 했다. 개인의 힘으로는 어찌할 수 없는 이 거대한 벽 앞에서 우리의 선한 의지는 어떤 의미가 있을까? '힘이 닿는 대로 한 사람 한 사람에게 희망을 주어야겠다는….' 이런 것이 잃어버린 한 마리 양을 찾는 것일까.

그런데 한 신부의 희망은 그만의 것으로 끝나지 않았다. 북녘과는 먼 땅 미국과 한국에서 후원하는 손길 손길이 그의 손을 거쳐 엄동설한에 홑옷으로 떨고 있는 탈북동포의 가슴을 녹여주고 있었다. 그 손길이 언젠가는 북녘 동포들의 언 가슴까지 데워주지 않겠는가. 나는 그날 거세게 몰아치는 시베리아 찬 바람까지도 흩뜨려버리는 따스하고 강한 기운이 두만강 국경에 휘돌고 있음을 보았다.

연변을 떠나 옛 독립운동의 중심지라는 심양에 들렀다. 아직 때 묻지 않은 중국인들에게 순수함이 느껴졌다. 공장을 경영하는 한국인들을 만났더니 중국인들은 우선 밝은 표정으로 사람을 대하고 자신의 일에 참 성실하다며 본받을 점이 많다고 입을 모았다.

그러나 시장에서 물건을 사면서, 그들의 생활상을 들어보면서 그들이 돈에 대한 집착이 강하다는 인상을 받았다. 중국대학의 어느 교수는 "학생들이 돈 버는 얘기를 들려주면 졸다가도 눈을 번쩍 뜬다."며 그들의 지나친 현세지향적 성향을 들려주었다.

10억 명이 넘는 중국인들이 앞뒤 재지 않고 돈을 향해 뛰고 있다는 생각을 하니 북녘의 배고픔과는 비교할 수 없는 훨씬 더 큰 파장이 온 세상을 휩쓸 것 같았다. 앞으로 몇십 년 후에는 중국과 인도가 미국을 제치고 세계 최강국이 된다는데…. 언젠가 중국을 휩쓸었던 메뚜기떼처럼 중국인들이 돈을 좇아 전 세계를 휩쓸고 다니면 이 세상은 어떻게 될까?

중국서점 몇 곳을 들러보았다. 부자 되는 법, 리더 되는 법 등 돈과 힘을 좇는 책들 앞에만 사람들이 북적대었다. 사람들이 진정 목말라하는 것들을 채워줄 책은 없어 보였다. 이들에게도 진정 필요한 것은 돈이 아닐 터인데….

 사회주의체제에서 사는 중국인들에게 '보이지 않는 세계'에
대한 믿음이 있는지 궁금했다. 주일이 되어 텅 빈 성당을 예상
하며 심양 성당의 문을 열었다.
 성당은 발 디딜 틈이 없었다. 돈에 대한 갈증만 있는 줄 알았
는데 영원한 진리에 목말라하는 이들이 거기에 있었다. 전체 인
구에 비하면 극소수지만 그들은 미사 내내 진지했다. 가슴이 뜨
거워졌다. 사회주의 혁명으로 꺼져버린 줄 알았는데 그들의 가
슴에 아직도 불타오르는 그 무엇이 있었다.
 성당을 나오니 게시판에 교회신문이 붙어있었다. 눈여겨보았
더니 소식지에 불과했다. 서점에 비치된 종교서적도 학술지처
럼 딱딱했다. 그들의 기나긴 갈증을 풀어줄 신앙 그 자체는 빠
져있었다.

 수많은 왕조의 흥망, 끊임없는 이민족의 침입, 황사와 가뭄,
기근에 시달리며 중국인들은 무엇을 생각했을까? 우리 민족만
이 유난히 고난과 고통을 받은 듯 배워온 나는 처음으로 중국인
들의 삶을 구체적으로 그려보았다.
 어느 신부는 돈 몇만 원이 없어 학교를 그만두는 중국아이들

이 많다며 안타까워했다. 하루 내내 일해도 우리 돈 일이천 원도 못 버는 사람이 태반이란다. 종교를 아편 보듯 해야 하는 나라에서 '영원한 세계'에 대해서 들어보지 못한 채 열심히 살아왔을 그들이 아프게 다가왔다.

그들과 비교하면 경제적으로 풍요롭고, 마음만 먹으면 신앙서적도 쉽게 구할 수 있는 축복받은 땅에 살면서도 우리는 적대감과 불평불만 속에 살지 않았던가. 우리는 '가톨릭'이라는 귀한 선물을 중국을 통해 받았으면서도 지금까지 중국에 갚아준 것이 있었던가.

한국에 돌아오자마자 나는 다시 짐을 싸 중국으로 향했다. 대학기숙사에 짐을 풀고 정성껏 가르쳐주는 여선생의 중국어발음을 초등학생처럼 열심히 따라 한다. 나의 갈증과 중국인들의 목마름을 채워줄 그 무언가를 찾아서….

두만강을 떠도는 신부도 중국을 서성이는 나도 몽상가일지 모른다. 그러나 나는 믿고 있다. 우리의 선한 기도가 중국인들의 가슴을 움직여, 언젠가는 중국 형제들의 손길이 북녘까지도 따뜻한 봄바람으로 다가가리라고….

허름한 한옥에서 보낸 그 저녁 나절

한동안 압구정동에 관심을 가진 적이 있다. 교통도 편리하고 애들 교육시키기에도 좋다는 생각이 들어 그곳 아파트를 둘러보았다. 우리나라에서 제일 잘 산다는 동네요 지식인들이 많다는 동네의 집을 안방까지, 그것도 한두 집이 아니고 수십 집을 둘러본다는 것은 나처럼 호기심 많은 사람에게는 큰 횡재가 아닐 수 없었다.

아내와 함께 거실이며 안방, 서재, 심지어 화장실과 베란다까지 이 잡듯이 기웃거렸다. 그런데 그런 집들만 보았는지 몰라도 이상하게 아파트에서 사람 사는 냄새랄까 뭐 문화의 향기 같은 것이 전혀 느껴지지 않았다.

아니 대한민국에서 제일 수준 높다고 자타가 인정하는 동네에서 그런 분위기를 느낄 수 없다니 내가 잘못된 것은 아닌지 혼란스러웠다. 몇 발자국만 나와도 깨끗한 가게들과 맛깔스러운 음식점에서 만날 수 있는 세련된 사람들이 사는 이곳이 이처럼 황량하게 보이는 것은 무엇 때문인가.

일류대학의 음악교수가 산다는 집에는 나를 압도하는 악기와 스테레오가 있었고, 어느 회사 사장 집에는 화랑을 방불케 하는 그림과 조각이 놓여있었다. 빈틈없이 단정하게 정리된 거실과 눕기에도 아까운 고급스러운 침대로 꾸며진 안방이 있었다.

이런 수준 높은(?) 환경을 탓하다니…. 내가 불평분자인가 하고 반문해보기도 했다. 그러나 안방과 거실을 기웃거리면 기웃거릴수록 나는 이곳 사람들이 담아두어야 할 따뜻함과 평온함 대신 남에게 보이기 위한 것들로 집안을 가득 채웠다는 생각이 들었다.

그런 생각은 손님들에게 보이지 않는 베란다나 다용도실, 창고를 둘러보면서 더 큰 확신으로 변해갔다. 주부의 손이 미치지 않는다는 사실을 확실하게 증명하듯 한결같이 정리되지 않고 지저분한 뒷베란다와 다용도실, 너무 초라하고 불편하기 짝이 없어 보이는 가정부 방….

몇 해 전 노동사목을 하는 프랑스인 신부 댁을 방문한 적이 있다. 숭인동의 허름한 한옥이었다. 좁고 구불구불한 골목을 지나 낡아빠진 목재 대문과 흘러내릴 것 같은 기와지붕을 안고 있었다. 식복사가 있고 서재와 식당이 있는 사제관을 연상했던 나는 '참 능력 없는 신부님이시구나.' 하는 생각을 했다.

그러나 조그만 마당에 들어서는 순간 금방 부끄러워졌다. 놀랍게도 그 집안에서는 정갈하고 따사로운 빛이 잔잔하게 새어 나오고 있었다. 쌀쌀한 초겨울 저녁 시간이었는데도 따뜻하고 평안했다. 어린 시절 시골 마당에 고여 들던 봄볕처럼. 뭐라고 잘 설명할 수 없지만 나는 그 빛을 지금도 분명히 기억하고 있다. 조금도 의심하지 않고….

한국말도 잘 못 하는 노 신부가 된장을 풀어 시래깃국을 만들고 보리 섞인 따뜻한 밥을 지어 저녁을 내오셨을 때 나는 하느님께서 당신의 모상대로 인간을 지으셨다는 말씀을 실감할 수 있었다.

우리는 좁디좁은 방에 모여 앉아 미사를 드렸다. 내 머리에는 봄바람이 불어왔고 가슴은 뜨거웠다.

"본당 이동 때 보따리 하나만 들고 사제관을 비울 수 있는 신부들이 되기를 바란다."는 전주교구 이병호 주교의 말씀을 따를 수 있을지 늘 자신을 돌아보던 어느 젊고 의욕 있는 신부의 말이 생각난다.

오늘 나는 남에게 보이기 위해 무엇을 걸치려 하고 있지는 않은가? 그래서 내 안에 있는 빛을 잃고 있지는 않은가?

몇 해 전 건설경기가 한창이던 때 초등학교만 나와 건축업을 하던 선배가 의미심장한 이야기를 한 적이 있다. 자신은 배운 것이 없어 시골에서 고기장사를 했는데 건축일을 하면 큰돈을 벌 수 있다는 말을 듣고 상경하여 남의 밑에서 건축을 배워 이제 서울에서도 가장 큰 빌라를 짓는 사업가가 되었다고 했다.

그런데 많이 배우고 높은 자리에 있는 사람들의 삶을 가까이서 보니 결코 자신의 삶보다 낫지 않더라고 했다.

대한민국에서 가장 잘 나가는 사람들이 이런저런 방법으로 돈을 긁어모아 결국 자신이 지어놓은 빌라를 사는 데 사용하더라는 것이다. 그리고 사람들은 그런 사람들을 성공했다고 부러워하더라는 것이다.

선배는 그런 빌라에 입주하는 것이 성공의 기준이라면 자신보다 더 성공한 사람은 별로 없지 않느냐고 물었다.

프랑스에서 태어나 이제는 숭인동 허름한 한옥에 사시는 고인수 신부의 '눈길'이라는 글에서 무엇이 진정한 성공인지 음미해본다.

성모님께서 "이 종의 천함을 돌보셨다."고 말씀하신 대로
하느님의 눈길을 끄는 것은 가난한 마음이다.
우리는 허영심 때문에 남의 눈길을 지나치게
의식하는 경향이 있다.
남의 눈길 말고 예수님의 눈길에만 주의를 기울여야 한다.
예수님의 눈길 밑에서는 허영심이 사라질 것이다.
우리도 예수님의 눈길만 원하면서 살아간다면
우리의 눈길은 주님의 눈길을 닮게 될 것이다.

가고 싶은 모임

결혼식에 가면 늘 뭔가 허전하다. 토요일 오후의 교통체증을 뚫고 왜 참석하는지, 한 가정의 탄생을 알리는 아름다운 행사에 내가 왜 체면치레만 하고 와야 하는지… 생각하면 한심하다. 그럴 때마다 나는 꿈을 꾼다.

'내 딸이 시집갈 때는 아주 작은 성당에서 몇 분만 모시고 정겨운 혼인미사를 드려야지. 새신랑과 새 신부는 참석하신 한 분 한 분과 눈을 맞추며 덕담을 들을 수 있겠지. 그분들도 자신들이 한 가정의 탄생에 큰 축하가 되었다는 즐거운 마음을 갖고 돌아가리라.'

동창회에 가면 나는 늘 마음이 씁쓸하다. 누가 돈을 얼마 기증했다느니 기금을 마련하자느니 하는 이야기가 주종을 이룬다. 기금이 모이면 그것으로 무엇을 하는가.

고급스러운 호텔에서 천여 명의 동창생들이 회장님과 유명 동문의 말 잔치를 들으며 값비싼 저녁을 먹는다. 연예인들이 노래하고 푸짐한 상품이 건네지면 성공적인 동창회였다고 입을 모은다.

언젠가 나에게 동창회를 주최하라는 '명령'이 떨어졌다. 나는 희열을 느꼈다. 회장인사는 간단히, 장소는 소박하게, 먹을 것도 역시 그래야지. 널따란 테이블, 안락한 하루 저녁을 예상하고 온 어느 선배는 "이런 일에 돈을 아끼는 것이 아니다."라며 핀잔을 주었다. 여기저기서 불만의 소리가 들렸다. 죄송 죄송….

짤막한 회장 인사 후 일시에 불을 껐다. 그리운 학창 시절의 모습을 담은 사진들을 한등기로 돌렸다. 장내가 갑자기 숙연해졌다. 그러면 그렇지. 나는 속으로 쾌재를 불렀다.

우리 학교는 아스팔트 포장이 돼 있지 않은 시내 변두리에 있었다. 비 오는 날이면 진흙탕에 푹푹 빠지며 등교해야 했다. 학교 수돗가에서 한 손에 흙덩이가 되어버린 운동화를 들고 다른

한 손으로 울퉁불퉁해진 종아리의 흙을 닦고 있는 장면이 나오자 동창들은 폭소와 함께 박수를 치기 시작했다. 환호성이 터졌다. 그 후 행사는 화기애애하게 진행되었다. 동창들을 기쁘게 해주는 데는 슬라이드 제작비 몇만 원이면 충분했다.

시골에서 올라온 어느 선배는 나를 부르더니 거금을 내놓았다. 자리가 불편하다고 핀잔을 주었던 선배도 싱글벙글 웃고 있었다. 나는 이런 일을 겪으며 확신이 더욱 커졌다. 동창회에 오는 사람들이 정작 무엇을 그리워하는지를.

안타까운 것은 이런 모임만이 아니다. 근사한 제목이 붙은 심포지엄이나 세미나라고 해서 가보면 발제자 혹은 지명토론자들이 생소한 단어들을 쓰며 발표를 한다. 청중 따로, 발표자 따로의 분위기 속에서 공유하기 힘든 권위에 찬 목소리로 마냥 의견을 쏟아내는 발표자들을 보고 있노라면 우리 지식인들의 문화적 수준이 짐작이 간다.

전시회에 가면 주최 측은 '무슨 선생님', '무슨 선생님' 불러가며 자신들과 가까운 사람들의 학력과 경력 등을 장황하게 쏟아낸다. 축에 끼지 못한 사람들은 소외감을 느끼다가 돌아간다. 문화모임인지, 자랑모임인지….

정의를 위해 일한다는 시민단체도 크게 다르지 않다. '정의는

인격존중'이라는 대명제는 오간 데 없고 고성과 비난으로 모임
을 이어간다.

  그뿐이 아니다. 몇 년 전 교황피선 기념일, 가톨릭 신자인 대
통령이 교황청 대사관에 초대받아 축사를 할 때였다. 야당 시절
교황 성하를 방문했을 때 당신 내외를 융숭하게 대접하더라는
말을 세 번이나 반복했다. 수많은 외국사절 앞에서 자신만을 추
켜올리는 것 같아 듣기 민망했다.

  종교인 행사에 가서 축사나 격려사만 하고 곧바로 퇴장하는
종교지도자들을 보면 세상 사람과 별반 차이가 없다는 실망감
을 느낄 때가 있다. 신자들은 바쁜 중에 와주신 것만으로도 영
광스럽게 생각할 테지만 참석자와 잠시라도 함께하려는 존중의
마음을 보여줄 수는 없는지.

  우리는 모임에 참석할 때마다 상대방을 이해하고 자신도 제
대로 이해받기를 바란다. 모임을 통해 남들과 그린 관계를 유지
할 수만 있다면 가난하거나 지위가 낮더라도 행복하게 살아갈
수 있다.

  그러나 모임에 가서 빈부와 귀천이 갈리는 것을 느끼고 소외
감을 갖게 되면 인생이 외롭고 고달파진다. 모임에 가면 모두가

나를 반겨주고 사랑해주리라는 확신이 있다면, 또 그런 확신을 갖고 다른 참석자들을 존중해주고 따뜻하게 대한다면 이 세상은 얼마나 행복하겠는가.

이런 것들은 기금이나 화려한 학력, 경력도 필요 없다. 단지 따뜻한 가슴만 필요할 뿐. 늘 다정한 사람들을 만날 수 있고, 만나면 행복한 그런 모임문화가 그립다.

나는 꿈을 꾼다. 이 글을 보는 누군가 좋은 모임을 만들어 우리를 따뜻하게 초대하리라고….

그 젊은 보좌신부의 십자가

젊은 보좌신부의 방은 좁고 초라했다. 그런데 벽에 걸린 조각품이 유난히 내 눈길을 끌었다. 드물게 보는 아름다운 십자가였다. 마음이 환해지는 느낌이었다. 나는 보좌신부에게 십자가가 참 아름답다고 했다. 말이 끝나기 무섭게 보좌신부는 십자가를 떼어 내게 주었다. 평소 소중히 간직해왔다는 십자가를…. 나는 아무런 말을 할 수 없었다. 그때부터 신부에게 무엇이 좋다는 이야기를 하려면 조심스러웠다.

성당 구석방에 사는 그 신부에 비하면 나는 가진 것이 너무 많다. 그런데 나는 어떻게 살았는가? 강론을 힘없이 하는 신부들을 보면 '저렇게 할 바에야 신부를 그만두지.' 했고, 투쟁에 나서는 신부들에게는 '정치인을 하지 왜 신부는 되셔가지고….' 하는 딱한 마음도 들었다.

그러나 보좌신부가 건네준 십자가로 이런 나의 생각들이 모두 부질없어졌다. 나는 남에게 조그만 것도 선뜻 주지 못한 주제에 남을 판단만 하고 있었다는 생각이 들었다.

우리는 늘 더 많은 것을 가지려 한다. 대통령까지도 더 큰 힘을 갖기 원한다. 그러나 자신이 갖고 싶은 것, 누리고 싶은 것을 버리는 분들이 있다.

연인의 마음이 다치지 않도록 사랑의 고백조차 못 하고 눈물로 떠나보냈다는 그 보좌신부를 생각해본다. 사회가 각박하고 천박한 것 같지만 이런 분들이 우리를 지켜보고 돌봐주고 있다는 생각을 하면 가슴이 따뜻해져 온다.

종교가 별 거 있다냐

어린 시절 나는 심심할 때면 지도를 보았다. 지도 속 기찻길을 따라 평양을 거쳐 하얼빈, 모스크바를 지나 파리로, 로마로 꿈 같은 여행을 했다. 어른이 되어서도 유럽은 나에게 동화처럼 남아있었다. 그래서 미국이나 일본처럼 여행하듯 그냥 다녀오고 싶지는 않았다.

사십 중반이 넘어서야 유럽에 갈 일이 생겼다. 시성식諡聖式에 초대받은 것이다. 로마에 몇 번 다녀온 장인께 뭘 보면 좋을지 여쭀다.

"무어 볼 게 있다냐? 교황님 얼굴 한 번 보면 되지."

의외의 대답이었다. '로마에 볼 게 없다니, 종교에 빠지면 저렇다니까….'

장인의 말씀과 달리 로마는 대단했다. 영화에서 본 듯한 호텔에 짐을 풀고 발이 닳도록 돌아다녔다. 시성식 또한 장관이었다. 세계 각국에서 온 참석자들이 그 넓은 베드로 광장을 꽉 메웠다. 교황 요한 바오로 2세가 입장하고 있었다. 고개를 비스듬히 떨어뜨린 다 쓰러져가는 노인이었다. 자신의 몸도 가누기 힘든 그가 아기들을 일일이 안아 입 맞추고, 군중을 향해 손을 흔들고 있었다.

그때, 나는 보고야 말았다. 빛이 퍼져 나오고 있었다. 그 빛은 그의 미소로, 그의 몸짓으로, 그의 숨결로 한 사람 한 사람을 포근히 안아주고 있었다. 말 없는 사랑의 메시지에 베드로 광장은 환호하기 시작했다. 내 볼에 눈물이 흐르고 있었다. 아, 사랑이구나. 내 아들이 종교가 무어냐고 물으면 나는 이렇게 말할 것이다.

"종교가 별 거 있다냐? 사랑이지."

맨해튼의 빵줄

    암트랙Amtrak 열차는 허드슨 강을 따라 겨울 숲과 강의 전모를 보여주려는 듯 벌거벗은 나무들과 강을 뒤덮은 얼음조각들을 헤치며 달린다. 얼음 덮인 강에는 짐 실은 기선들이 오가고 잔설 쌓인 산 사이로 드문드문 건물들이 다가와 자연과 인간의 합창이 눈으로 빨려드는 듯하다.

    나는 지금 세계의 중심이라는 뉴욕 맨해튼으로 가고 있다. 뉴욕에 사는 교우들에게 내가 만드는 월간지 〈가톨릭다이제스트〉의 아름다운 이야기들을 전해주러 가는 이 길은 마치 어릴 적 소풍 길마냥 가슴 설렌다.

깨알 같은 글자로 가득 찬 노트를 펼쳐 들고 창가에 앉아 열심히 페르시아어를 공부하던 금발 미녀의 친절 덕분에 나는 전망 좋은 자리에 앉아 황량한 북미의 겨울 산하를 만끽하고 있다. 무엇이 저 서양 여자로 하여금 저토록 열심히 페르시아어를 배우게 하는가. 누구에게라도 미소를 보낼 듯 참한 그녀와 간단한 인사를 나누면서 의문은 금방 풀렸다. 약혼자가 이란사람이란다. 그래, 사랑이야!

동양의 조그만 반도 끝 섬에서 자란 내가 서툰 영어로 지친 몸을 이끌고 뉴욕의 교우들을 찾아가면서 느끼는 이 설렘은 또 어디서 오는 것일까.

뉴욕의 새벽은 맨해튼 31번가 성 프란치스코 수도원의 빵 줄에서 시작된다. 새벽녘 어디에선가 추위에 떨며 밤을 지낸 사람들이 하나둘 모여들더니 어느새 기다란 줄을 만든다.

1929년 대공황이 시작되던 때 일거리를 찾아 떠돌던 실업자들을 위해 수도원은 빵을 마련했고 그때 시작된 빵줄은 하루도 거르지 않고 오늘까지 이어지고 있다. 실직했을 때 그 빵으로 끼니를 때웠던 사람들이 후에 성공하여 감사편지와 함께 기부금을 보내온단다.

6월 13일 안토니오 성인 축일이면 수도원에서는 걸인들이 아니라 후원자들이 줄을 서서 빵을 받아먹고 빵줄 기금을 내놓는 것이 이제는 오랜 전통이 되었다. 일 년에 한 번 이렇게 마련된 기금으로 한 해 내내 사랑의 빵줄을 잇고 있다고 한다.

어느 해 이렇게 돈이 모인다는 것을 알게 된 강도가 총으로 수도원장을 위협하여 기금을 모두 털어갔다. 이 사실이 신문에 대서특필되자 뉴욕시장과 경찰서장이 수도원에서 조촐한 파티를 열어달라고 간곡히 부탁하여 정치가와 사업가들을 불러 모았다. 그들이 낸 기금은 강탈당한 액수의 세 배가 되어 뉴요커들에게 화제가 되었다.

미국 신학교를 나와 프란치스코회 수도자가 된 김기수 신부는 빵을 나눠줄 때마다 굶주리는 북녘 동포에게도 이런 자선이 베풀어지기를 간절히 기도했다. 김 신부의 간절한 소망을 들은 수도원장은 빵줄 기금에서 5만 달러를 내놓았다. 이렇게 미국인들이 모은 돈으로 북녘 돕기는 시작되었고 용기를 얻은 교포들이 참여하여 상당한 기금이 모였다.

처음에는 북한 당국에 돈을 전했으나 그 돈이 굶주리는 동포들에게 그대로 전달되지 않는다는 생각을 갖게 된 김 신부는 만주로 직접 건너갔다. 김 신부는 두만강 변 산등성이에 땅굴을 파고 숨어있는 탈북동포들을 끈질기게 찾아 나섰다. 김 신부는 탈북자들이 지폐를 접어 비닐에 싸서 입으로 삼킨 후 북에 들어가 배설하는 방법으로 돈을 빼앗기지 않고 북녘의 가족들에게 전달하는 처절한 삶을 목격하면서 북녘 동포들을 효과적으로 도울 방법을 고민했다.

이런 이야기를 들은 미국의 교포들도 김 신부의 열정에 적극적으로 호응하기 시작했다. 적지 않은 돈을 내놓고도 직접 중국에 가 탈북동포를 돕지 못하는 것을 미안해하는 칠순 할머니도 계셨다.

새벽 일찍 일어나 밤늦게까지 일하면서 고단하게 살고 있지만 헐벗은 북녘 동포에게 먹을 것 입을 것을 전달하는 일이라면 시간과 돈을 아끼지 않는 그들은 몸은 다른 나라에 있어도 마음만은 늘 고국을 향해 있는 우리의 한 핏줄이었다.

돌아오는 비행기 안에서 나는 뉴욕에서 만난 동포들과 한국에 사는 오늘의 우리를 그려본다. 스스로는 아무것도 하지 않으면서 남들이 하는 일에는 비난의 시선을 던지는 우리, 가진 것이 없기에 자선은 있는 자들의 몫이라며 면죄부를 요구하는 우리들도 그려본다.

뉴욕의 빵줄도 따지고 보면 어느 가난한 수도자의 적극적인 빈민구제 정신에 바탕을 두고 있다. 프란치스코회에 속한 안토니오 수사는 가진 것이 없었지만 가난한 이들을 보면 그냥 있지 못했다. 그의 선행은 많은 기적을 낳았고 김 신부도 그를 본받아 오늘의 북녘 돕기로 이어가고 있다.

우리는 누구나 고귀한 일을 할 수 있다. 돈이 있느냐 없느냐의 문제가 아니다. 마음속에 사랑을 가득 담고 산다면 정부도 해내지 못하는 일을 우리가 해낼 수 있다.

서울 밤하늘을 보며 나는 꿈의 나래를 펼쳐본다. 이곳저곳에서 아름다운 꿈으로 아름답게 세상을 그려가는 멋진 우리들을 또 만나리라고….

첫사랑의 설렘으로

중3 때 나는 교실에 들어서면 여학생들의 얼굴을 못 보고 땅에 묻듯 얼굴을 숙이고 다녔다. 어느 봄날 교문 옆에 유난히 얼굴이 하얗고 목이 긴 천사 같은 여학생이 서 있었다. 동화 속에서나 있을 듯한 모습이었다. 나중에야 우리 반 아이라는 것을 알게 되었다.

교실을 드나들 때면 그 아이의 얼굴을 슬쩍슬쩍 훔쳐봤다. 가슴이 쿵쿵 뛰는 소리가 내 귀에도 들렸다. 종일 그 아이 생각만 났다. 그러나 말쑥하고 예쁜 그 아이가 새까맣고 작은 나를 좋아할 리 없어 말 한마디 걸어보지 못했다.

어느 날 선생님 대신 내가 수학문제를 풀어주게 되었다. 교탁 앞에서 한껏 실력을 뽐내며 그 아이를 쳐다봤지만 그 아이는 뭔가를 끄적거리고만 있었다. 맥이 풀렸다.

당번이어서 교실에 혼자 남게 되었다. 살금살금 그 아이의 책상으로 다가갔다. 꾸깃꾸깃 접힌 종이 한 장이 들어있었다. 그 아이와 내 이름이 나란히 적혀있는 것이 아닌가. 꿈만 같았다. 그 아이도 나를 좋아한다는 말인가. 나는 그 종이를 소중히 간직했다.

이처럼 나를 들뜨게 하는 일이 어른이 되어서는 참 드물다. 세상은 재미없는 것 투성이였다. 어느 날 사무실 창가에 서서 나도 모르게 "성모성월이요~ 제일 좋은 시절~" 성가를 불렀다. 살레시오고교 시절 5월이면 교정 가득히 울려 퍼지던 성가였다. 눈물이 고였다. 성당을 다니고 싶었다.

나는 세례를 받고 이제는 월간 〈가톨릭다이제스트〉를 만들고 있다. 요즘 나는 눈물이 많아졌다. 매달 교우들, 신부님들의 글을 읽으며 내 영혼이 눈뜨고 내 가슴이 설레는 큰 사랑을 느끼기 때문이다.

소송서류 더미에 묻혀있다가도 나를 어루만지시는 그분의 손길을 느낄 때면 시원한 바람이 내 영혼 깊은 곳을 살짝 건드려

나는 사랑의 바다에 빠지고 만다. 어릴 적 그 아이를 그리워했듯 어느새 나는 하느님을 그리워하게 된 것이다. 첫사랑 같은 이 설렘을 혼자만 가질 수는 없다. 매일 아침 〈가톨릭다이제스트〉 식구들과 성서를 읽고 묵상을 나눈다.

갓 세례받은 현정이가 미처 몰랐던 성경구절을 일깨워준다. 수줍던 미영이는 맑은 목소리로 내면을 털어놓는다. 덜렁대던 은진이도 하루가 다르게 진중해진다. 교리공부 중인 권일이의 얼굴은 날로 환해진다.

늦잠꾸러기지만 나는 맑은 영혼의 소리를 놓치기 싫어 사무실에 일찍 나와 그들을 기다린다. 말씀에 맛 들이며 아름답게 피어나는 그들과 나는 가슴설레는 하루하루를 보내고 있다. 우리의 이 설렘이 모두에게 바람결처럼 살며시 다가갔으면….

홀로 뿌린 데모전단

1976년 12월 8일, 삭풍에 진눈깨비가 날리는 서울대학교 도서관 앞에서 졸업을 앞둔 4학년 선배가 홀로 전단을 뿌리고 있었다. 필사적으로 경찰을 따돌리면서 전단을 계속 뿌려 나가던 그 선배와 구경만 하던 우리들의 모습이 흩날리는 눈발과 함께 눈에 선하나.

이범영.

이 이름없는 한 학생의 시위가 여러 달 전부터 미국의회 청문회장과 국제사회를 뜨겁게 달궜어도 국내언론에서는 거론조차 되지 않던 박동선 스캔들을 국내에 공론화시켰다.

그때부터 박정희 정권의 추악상과 유신의 가면은 벗겨지기 시작했다. 무자비한 유신선포 뒤에서 숨죽이고 있던 사람들이 한 사람 두 사람 기지개를 켰고 다음 해 봄부터 대학가에서 시위가 봇물처럼 터지기 시작했다.

그 다음 다음 해에는 부마사태로 이어졌고 유신은 결국 김재규의 총성으로 끝을 맺고 말았다. 이범영, 그가 겨울교정에서 외롭게 외치다 잡혀간 지 3년 만이었다.

이런 숨 가쁜 역사를 지켜보면서 나는 한 사람만이라도 진실을 말하는 것이 얼마나 중요한지, 또 얼마나 다행한 일인지 알게 되었다. 힘없는 소수라도 진실을 말할 수만 있다면 아무리 강한 불의라도 이겨낸다는 사실을 확신하게 되었다.

박정희 대통령이 사망한 다음 해 서울 거리는 민주화 바람으로 출렁거렸다. 독재에 맹종하던 사람들까지도 민주투사로 변신하여 서울역과 종로 거리는 온통 '민주'로 메워졌다.

그러나 전두환 정권이 계엄을 선포하던 날, 서울 거리는 썰물이 빠져나간 갯벌처럼 적막하기만 했다. 광주에서 죽음을 무릅쓴 참담한 절규가 계속되어도 서울 거리는 조용했다.

그 용감한 민주투사들은 다 어디로 갔는지…. 언론도 폭도들의 난동이라고 광주를 몰아붙이고 있었으니….

　이런 언론의 의롭지 못함에 분노하고 분노하던 우리는 오늘 또다시 언론개혁의 선봉장이 되어 목소리를 높이고 있다. 김대중 정부에 이어 노무현 정부도 언론개혁을 주장하고 있다.

　그러나 논의가 커지면 커질수록 나는 물거품처럼 스러져간 80년 서울의 봄이 연상되기만 한다. 당시 민주화 논의는 박정희에 대한 비판과 3김 씨 중 누가 대통령이 되어야 하는가 하는 권력투쟁에 집중되어 있었다.

　민주주의를 꽃피우기 위해 '내가 어떻게 할 것이냐.'에 대한 논의는 오간 데 없고 '정권을 누구에게 맡겨야 하는가.' 하는 논쟁으로 날을 지새웠다.

　오늘의 언론개혁도 '내가 무엇을 할 것인가.'에 대한 자율적인 자세는 논의하지 않고 특정 언론 비난과 언론 간 세력투쟁의 들러리에만 얼을 올린다.

　김대중 정부는 과세권이라는 권력적 수단을 동원해 언론을 통제하려 했고 언론사들은 탈세라는 범법을 언론자유로 호도하면서 저항했다. 탈세도 사실이었고 언론통제가 목적이었던 것도 사실이었다.

지금도 5년의 시차를 두고 권력과 언론의 반복되는 낡은 테이프 소리가 들려온다. 그런데도 우리는 정작 민주의 기초를 세우고 민주의 기운을 넓히는 데는 소홀하면서 권력과 언론, 정치인과 신문사의 상호 비난을 통한 주도권 다툼에 들러리 서는 데만 열을 올리고 있지 않은지 반성해볼 일이다.

　오늘 우리가 누리는 민주주의는 김재규의 총성이 만들어낸 것이 아니라 민주에 대한 우리의 끝없는 열망이 일구어낸 것이다. 그래서 오늘의 언론개혁도 언론이나 정치권이 주체일 수 없다. 제대로 된 언론활동도 못 하는 언론인들이 언론을 개혁하겠는가. 또 정치도 제대로 못 하는 정치인들이 언론을 개혁할 수 있겠는가. 목소리만으로 언론개혁을 하려는 것이야말로 연목구어緣木求魚다.

　서울역 앞의 그 많던 시위대와 오늘 족벌언론, 수구언론 운운하며 떠드는 우리는 어떻게 다른가. 계엄이 선포되자 쥐죽은 듯 움츠러든 우리와 주위에 거짓이 판을 쳐도 상관없다는 듯 살아가는 우리는 또 어떻게 다른가.

　언론개혁의 본질은 진실을 말하고 진실을 말하게 하는 것, 거짓을 말하지 않고 거짓을 말하지 않게 하는 것이다.

사이비언론을 타도하자고 할 시간에 오히려 좋은 글을 써서 남에게 보여주거나 남이 쓴 좋은 글을 열심히 읽고 남에게도 권유하고, 비록 작으나마 유익한 언론매체라도 힘을 모아 만들면 '안티운동'과는 비교할 수 없이 즐겁고 생산적일 것이다. 언론개혁 논의의 핵심은 이것이어야 한다.

김대중 정부는 비판언론에 족쇄를 채워 간섭하려는 분명한 의도를 갖고 있으면서도 세무조사라는 지엽적인 문제를 들춰냈다. 노무현 정부도 시장점유율 문제를 들고나와 시민들의 언론개혁 여론에 편승해 목적을 달성하려 한다.

내용에 대한 합리적 비판보다는 인신공격 기사로 채워진 탈법적, 인권침해적 언론에 대한 개혁은 거론도 않고 헌법상의 자유시장 원칙과 언론자유에 재갈을 물리는 이런 개혁은 이제 그만두어야 한다. 숨은 의도를 갖고 하는 언론개혁은 참 개혁에 오히려 큰 장애만 될 뿐이다.

진실보도에 다다르는 지름길은 어떻게 거짓보도를 줄여나갈 것인가에 대한 우리들의 의식변화가 우선 되어야 한다. 변죽을 울려 탈세를 처벌하거나 시장점유율을 제한하는 것은 언론개혁의 탈을 쓴 정부의 언론통제 장치일 뿐이다.

76년 그 겨울, 종이 몇 장 들고 언론이 하지 못한 몫을 홀로 해냈던 그 선배의 굳게 다문 입을 나는 오늘도 그려본다. 오늘 내가, 우리가 해야 할 몫은 무엇인가.

새벽이 동터올 무렵

시민들은 정의의 함성을 지르며 도열해있는 군인들을 향해 계속해서 버스를 돌진시키고 있었다. 군인들은 질서를 잡아야 한다며 시민들을 향해 최루탄을 펑펑 쏘아댔다.

그러나 정작 시민들은 매캐한 최루탄에 중독되어 정의를 잊고 있었고, 군인들은 아무렇게나 최루탄을 쏘아대며 무질서에 가담하고 있었다.

한쪽은 정의의 이름으로, 한쪽은 질서의 이름으로 상대방을 적으로 몰아가고 있는 바로 그 장소에 나는 서 있었다. 정권을 잡기 위해 일부러 혼란을 야기시킨 사람들에 대한 분노가 끓어

올랐지만 아무것도 모르는 채 명령에 따르는 군인들에게는 한없는 연민이 솟아났다.

군인들을 상대로 목숨을 내걸고 투쟁하는 시민들을 칭찬할 수도 없었다. 정의의 편에도 질서의 편에도 설 수 없던 나는 그 자리에 서서 하염없이 눈물만 흘리고 있었다.

나도 무언가 해야 한다고 생각하던 그때 문득 떠오르는 말이 있었다. 시위는 뜻을 모아 집단적으로 보여주는 것이어야 한다는…. 시민들은 군인들을 적으로 만들어 전투를 할 것이 아니라 정의를 보여주어야 한다는 확신이 들었다.

나는 누군가 들고 있던 확성기를 빌려 외쳐대기 시작했다.

"군인들은 우리의 적이 아닙니다. 시위는 정의를 보여주는 것이어야 합니다."

시위대를 태우고 아무렇게나 시내를 돌아다니던 버스에 올라탄 나는 시위대뿐만 아니라 모든 시민들에게 호소했다. 그 호소에 수십 대의 차량들과 시위대가 따라주었다. 나는 버스에 1호 차, 2호 차… 이렇게 번호를 붙이고 군인들이 도열해 있던 곳과 정반대 방향으로 시위대를 움직여나갔다.

성난 사자처럼 으르렁거리던 수만 명의 시위대들이 언제 그런 일이 있었느냐는 듯 평화로운 모습으로 변해갔다.

지프차에 올라선 나는 대오를 정비하고 시내 중심부를 관통하여 시 외곽까지 시위를 계속했다. 밤이 새도록 시위대는 압제의 설움과 민주화의 열망을 마음껏 쏟아냈다. 그날 밤 시내에는 사망자도 부상자도 없었다. 미움과 적대감은 사라지고 평화와 희망이 들어왔다.

이튿날, 어디선가 갑자기 나타난 장갑차 한 대가 군인들을 향해 돌진해갔다. 장갑차에는 시민 한 명이 보였다. 군인들의 총구에서 화염이 발사되기 시작했고 평화롭던 시위는 삽시간에 자취를 감췄다. 시민들과 군인들의 밀고 밀리는 싸움이 계속되었다. 수천 명의 무고한 시민이 살상당한 채 80년 광주의 늦봄 시위는 그렇게 끝을 맺고 말았다.

그러나 승자와 패자의 싸움은 그것으로 완결되지 않았다. 질서를 잡는다는 명분을 내세워 시민들을 도륙하고 정권을 잡았던 자들은 결국 감옥에 갇혔고, 정의를 외치던 시민들의 지지를 끌어낸 정지인들은 불의를 정산하겠다는 명분을 내세워 대통령까지 되었다.

우리들은 그 정치인들이 그동안 말로만 쏟아낸 정의와 평화를 이 땅에 차곡차곡 쌓아가리라고 잔뜩 기대했다. 그들은 멋진 청사진을 제시했다. 재벌을 개혁하여 경제정의를 세우고, 부정 부패를 뿌리 뽑아 정치를 바로잡고, 수구언론과 무너진 교육을 개혁하여 문화를 발전시킨다는 등 그런 청사진을 보며 사람들은 이제 정의와 평화가 도래할 것이라고 축포를 터뜨렸다.

그러나 재벌을 해체해야 경제가 살고, 부패한 정치인을 타도해야 바른 정치가 뿌리내리며, 사이비언론을 없애야 문화를 발전시킨다는 주장은 일견 타당하지만, 실은 한 편을 다른 편의 적으로 만들어 민중의 지지를 끌어내기 위한 편법일 뿐이었다.

너희들이 가난한 것은 부자 때문이라고 선동하여 빈자와 부자간에 갈등을 부추기고 부자를 적으로 돌려 가난한 사람들의 지지를 받는 수법과 같은 것이다.

히틀러의 나치즘, 스탈린의 공산주의도 유태인을, 지주를 민중의 적으로 몰아 민중의 지지를 받고 정권을 잡았다. 그러나 유태인이 없어지고 지주가 없어졌다고 그 사회에 더 많은 부가 넘쳐난 것은 아니었다.

결국 그런 방법을 사용한 자들이 부를 나눠 가졌고, 대다수 사람들에게는 나눠줄 것이 없었다. 가난한 사람은 여전히 가난하고 권력과 유착한 새로운 부자만을 만드는 악순환이 계속될 뿐이다. 재벌이 없어진다고 건전한 기업이 거저 생겨나는 것도 아니고 부패한 정치인을 타도한다고 바른 정치인이 샘솟듯 태어나지도 않으며, 사이비언론을 타도한다고 바른 언론이 생겨나지 않는다는 사실은 분명하지 않은가.

남이 애써 지은 건물을 부수라고 소리치는 일은 쉽다. 그러나 제대로 된 건물을 짓자면 땅도 파야 하고 벽돌도 날라야 하며 회벽칠도 제대로 해야 하는데 그런 일은 모두 피하고 만다. 우리는 함께 제대로 일을 해보자는 사람보다 무엇을 부수자는 정치인에게 환호성을 보낸다.

불의가 없어졌다고 해서 정의가 바로 생겨나는가? 정의는 불의를 없애자는 구호만으로 생겨나는 소극적인 것이 아니라, 의로운 일을 애써 해나가는 고통스러운 실행에서 이루어지는 것이다. 정의의 실현은 불의한 이 세상을 불바다로 만드는 노고 없는 파괴가 아니라 불의한 세상에 정의의 꽃을 한 송이 한 송이 피워가는 고된 작업이다.

그런데도 온 국민의 기대를 업고 탄생한 정부들은 끊임없이 불의를 뿌리 뽑아 정의를 세우겠다는 망상을 아무런 부끄럼 없이 외치고 있다. 그런 대통령을 따르는 사람들도 불의를 무찌르는 용맹만으로 자신들이 마치 정의 그 자체인 양 한다.

새 정권이 출범하면 개혁논리에 반대하는 사람들은 '어디 잘되나 보자.' 하는 식으로 노려만 보고 개혁을 주장하는 사람들역시 '너희가 우리를 따르지 않고는 배겨내지 못할걸.'이라는 모진 마음을 먹는다.

서로서로 상대방을 적으로 몰아가는 오늘, 나는 1980년 5월, 정의를 외치던 시민들과 질서를 외치던 군인들의 대립보다 더큰 대립을 보며 또다시 눈물을 머금는다.

나는 그날처럼 내가 할 수 있는 일이 무엇인지 찾아본다. 개혁! 어릴 때부터 수없이 많은 정치인들한테 들어왔던 '개혁', '일제를 청산하지 못해 우리는 요 모양 요 꼴'이라던 선생님들의녹음테이프 돌아가는 듯한 말들, '부정부패를 청산해야 사람 살만한 나라가 된다.'는 정치인들의 판에 박힌 외침들, 지금도 그목소리는 물론 그 몸짓까지 생생히 기억할 수 있을 만큼 수없이들어왔던 개혁, 개혁.

나는 눈을 감아본다. 그리고 개혁이 무엇인지 내심의 소리를들어본다. 개혁은 무엇을 청산하는 일이 아니라 무언가를 만들어가는 것이라는 양심의 소리를 듣는다.

나쁜 버릇을 없애는 가장 좋은 방법은 나쁜 버릇과 싸우는 것이 아니라 좋은 습관을 몸에 배게 하는 것이다. 또한 미워하는 것을 그만두는 일이 목적이어서는 안된다. 남의 좋은 점을 사랑하면 미움은 없어지고 오히려 기쁨까지 생기는 법이 아니던가.

진정한 개혁은 재벌타도가 목적이 되어서는 안 되고 건전한 기업을 지원할 수 있는 기반을 만드는 일이 먼저여야 한다. 사이비언론을 타도하는 것은 전쟁이나 마찬가지로 소모적이다.

우리는 무엇을 타파하는 것이 개혁이라는 낡은 사고에서 빨리 벗어나야 한다. 정작 이런 생각에서 먼저 벗어나야 할 사람들은 우리 자신이다. 정권의 잘못 때문이 아니라 우리 자신이 가야 할 길을 제대로 가지 않기 때문에 사이비언론, 이중잣대를 가진 정권이 우리를 가벼이 보고 우리의 숨통을 조이는 것이다.

그해 5월, 새벽이 동터올 무렵 많은 시민들이 잠자리를 찾아갔지만 우리 곁에는 그래도 1백여 명이 남아있었다. 그 작은 함성이 잠든 시민들을 일깨워 아침이 밝아올 무렵 꽝주 시내에는 전날 밤보다 더 많은 시민들이 운집하고 있었다.

내 소망을 이뤄준 사람들

대학원까지 다니며 사법시험을 준비했지만 번번이 떨어지고 말았다. 대학원을 졸업하던 해 1차 시험만 합격한 상태에서 영장이 나왔다.

2차 시험까지 입대를 연기할 방법을 알아봤지만 없었다. 제대하고 나오면 서른을 넘겨 공부도 쉽지 않을 것이었다. 답답한 심정으로 논산훈련소에 입소하여 신체검사를 받았다. 평소 축농증이 심해 이비인후과 검사에 기대를 걸었으나 군의관은 이상이 없다는 거였다. 이제 마지막이라는 생각이 들었다.

그런데 예상외의 일이 벌어졌다. 눈 검사를 하던 군의관이 내 이력서를 보더니 "어 고등학교 후배네, 너 인마 꿇어앉아." 하는 거였다. 한참 꿇어앉아 있었더니 "너 서울법대 나왔지. 사법시험 합격했어?" 하고 물었다. 몇 개월 후 2차 시험을 치러야하는데 군에 왔다고 했더니 그는 내 눈을 자세히 검사하기 시작했다. 그러더니 중심성 망막염이 있다며 내일 정밀검사하는 군병원에 의뢰하겠다는 거였다.

다음날 군 병원에 함께 간 조교가 "너, 훈련 안 받아도 돼, 집에 돌아가." 하는 거였다. 꿈 같은 일이었다. 논산훈련소를 나오니 햇볕이 쨍쨍 내리쬐고 있었다. 터벅터벅 역을 향해 걸었다. 다음 해 나는 사법고시에 합격했다.

청년 시절 나는 세속의 가치에 얽매이지 않고 순수한 이상을 갖고 있는 여자, 내 내심의 깊은 곳까지 헤아려주는 여자와 결혼하겠다는 나름의 고집을 갖고 있었다.

어느 날 내 이야기를 열심히 들어주는 한 여자를 만났다. 나는 신이 났다. 나는 말을 재미없게 하는 사람인 데다가 주로 내가 꿈꾸는 미래를 이야기하는데 남들에게는 무척 따분할 내용이었다. 그런데도 그녀는 진지하게 내 이야기를 들었다. 나는 비로소 내 꿈을 함께 할 배우자감을 만난 것 같아 흡족했다.

그런데 나는 꿈을 이야기할 때면 늘 기고만장해지는 사람이었다. 더구나 잘 들어주기까지 하니 잘난 체를 했고 그 여자가 정말 어떤 사람인지 테스트하듯 집요하게 뭔가를 물었다. 그게 화근이었다.

그녀는 다시 나를 만나려 하지 않았고 전화도 받지 않았다. 그녀를 다시 만날 수 없었다. 그러나 나는 그녀를 잊을 수 없었다. 맑은 눈으로 내 이야기를 성의있게 듣고 자신의 의견도 진심으로 말하는 그런 사람을 다시 못 만날 것 같았다.

1년이 지나 용기를 내어 그녀의 집에 다시 전화를 걸었다. 할머니가 전화를 받았다. 의외로 할머니는 몇 시쯤 들어올 거라며 꼭 다시 전화하라고 친절하게 대해주셨다. 새삼 용기가 났다. 다시 전화했더니 그녀는 이상하리만치 만나자는 약속에 선선히 응해주었다.

우리는 그렇게 결혼했다. 나중에 안 일이지만 "총각이 요즘 젊은이 같지 않게 공손하더라."며 할머니도, 언니도 다시 만나보라고 설득했다는 거였다.

고등학교 때부터 객지에서 남의 집 셋방을 전전하며 자취를 했던 나는, 신혼 초 전세금이 집값에 맞먹을 정도로 뛰는 것을 보며 집을 사려 했다. 과천으로 원당으로 안양으로 수없이 집을 보러 다녔다. 서울 외곽지역에서 법원 앞 사무실까지 출퇴근하자면 한두 시간은 족히 걸리는 곳들이었지만 내 집을 갖는다는 기쁨에 거리는 문제 되지 않았다.

　어느 날 방배동에 사는 고모가 윗집 아파트가 급하게 나왔다는 전화를 걸어왔다. 가진 돈이라고는 전세금 천7백만 원밖에 없는데 7천만 원이나 하는 강남의 아파트를 사라니 어이가 없었지만 그냥 구경이나 하라고 하여 그곳에 갔다.

　그런데 그 집 주인이 외상으로 아파트를 팔겠으니 천천히 갚아나가라는 것이 아닌가. 어안이 벙벙했다. 무엇을 믿고…. 그는 집값의 일부만 받고 등기까지 넘겨주었다. 대학에서 잔금을 받고 등기를 해주어야 한다고 배웠는데 세상은 법대로 움직이는 것이 아니었다.

　외상 아파트였지만 새로 도배장판을 하고 이사하니 온 세상이 내 것 같았다. 나는 그를 조금이라도 불안하게 해서는 안 되겠다는 마음에 서둘러 은행마다 찾아다니며 대출을 받아 집값을 다 갚았다. 그 후 아파트 가격이 크게 올랐다. 그때 그를 만나지 못했더라면….

　어린 시절 나는 내 노력으로 세상을 사는 줄 알았다. 그러나 돌이켜보면 직업, 결혼, 집 문제 모두가 내 힘으로 된 것은 아무것도 없었다. 내가 전혀 몰랐던, 뜻밖의 사람들이 내 인도자가 되고 후원자가 되었다. 이런 숱한 경험 덕에 미래는 내 소망의 영역은 될 수 있어도 내 힘만으로, 또 걱정한다고 해결될 영역이 아니라는 걸 알게 됐다. 사람이 재산이라지만 굳이 사람을 사귀려고도 하지 않는다.

내가 걱정하지 않아도 내 먹을 것을 주시고 내가 만날 사람을 주선해주시며 내 소망과 아픔을 함께 해주시는 분이 분명히 계시는 것 같다. 오늘 내 일에 몰두하여 최선을 다하면 그뿐, 내일 일은 내 힘으로 이루어지는 것이 아니니 걱정하지 말라는 진리를 깨닫게 해준 그분들께 감사하며 그 은혜를 또 다른 사람에게 나누어 주는 것, 그것이 내 몫일 것이다.

허름한 단벌옷에 사투리가 심한 나를 서울 거리에서
호감을 갖고 만나주는 사람은 없었다 그런 내가 초롱초롱
빛나는 눈과 사근사근한 서울말씨의 아가씨를 사귄다는
것은 하늘의 별 따기만큼이나 어려운 일이었다.

어렵사리 미팅에 나가 맘에 들지 않으면
여학생에게 함부로 말을 늘어놓다가 되레 무시당했고,
맘에 들면 잘 보이고 싶어 잘난 체를 하다가 밉보여
몇 마디 말도 나눠보지 못한 채 퇴짜를 맞곤 하였다.

누가 나를 외롭게 하는가

결혼식에 가면 늘 뭔가 허전하다. 토요일 오후의 교통체증을
뚫고 왜 참석하는지 생각하면 한심하다. 한 가정의 탄생을 알리는
아름다운 행사에 내가 왜 체면치레만 하고 와야 하는지….
그럴 때마다 나는 꿈을 꾼다.

'내 딸이 시집갈 때는 아주 작은 성당에서 몇 분만 모시고
정겨운 혼인미사를 드려야지. 새신랑과 새 신부는 참석하신
한 분 한 분과 눈을 맞추며 덕담을 들을 수 있겠지.
그분들도 자신들의 참석이 한 가정의 탄생에 큰 축하가 되었다는
즐거운 마음을 갖고 돌아가리라.'

가고 싶은 모임